나이트 킹
Knight King
FUSION FANTASTIC STORY
이모탈 판타지 장편 소설

나이트 킹 7

이모탈 판타지 장편 소설

초판 1쇄 찍은 날 § 2013년 7월 16일
초판 1쇄 펴낸 날 § 2013년 7월 22일

지은이 § 이모탈
펴낸이 § 서경석

편집부장 § 권태완
편집책임 § 어정원
디자인 § 이혜정

펴낸곳 § 도서출판 청어람
등록번호 § 제1081-1-89호
등록일자 § 1999. 5. 31
어람번호 § 제1-1644호

주소 § 경기도 부천시 원미구 심곡2동 163-2 서경B/D 3F (우) 420-822
전화 § 032-656-4452팩스 § 032-656-4453
http://www.chungeoram.com
E-mail § chungeorambook@daum.net

© 이모탈, 2013

ISBN 978-89-251-3275-1 04810
ISBN 978-89-251-3182-5 (세트)

[완결]

7

[제국]

나이트 킹

Knight King

FUSION FANTASTIC STORY

이모탈 판타지 장편 소설

도서출판 청어람

Contents

CHAPTER
01
이스턴과 히르센

$$Knight King$$

콰앙!

"……."

거대한 회의실에 난폭한 울림이 퍼졌다. 하나, 그러한 밀리예프 국왕의 행동에 대하여 누구 하나 입을 벙긋거리는 자가 없었다. 평소 인자하기로 소문난 밀리예프 국왕.

하지만 오늘은 아니었다.

눈은 부릅떠져 있었고, 얼굴을 흉신악살처럼 일그러져 있었으며, 끓어오르는 분노를 삭이기 위해 숨을 들이쉼과 내쉼이 난폭해져 가슴 부위가 심하게 요동치고 있었다.

"짐이 분명히 말을 했을 것이오. 욕심 부리지 말라고."

움찔.

대회의실에 착석해 있는 수많은 귀족들과 기사들이 몸을 움찔 떨었다. 이것은 그들이 평소 알고 있는 밀리예프 국왕의 예기가 아니었다. 이것은 난폭한 폭군의 그것이었다.

그렇다는 것은 지금 밀리예프 국왕이 얼마나 분노하고 있는지 단적으로 보여주는 일면이라 할 것이다. 평소 화를 내지 않던 사람이 화를 내면 얼마나 무서워지는지 혹은 얼마나 잔인해지는지를 알려주는 시작과 같은 것이라 할 수 있었다.

"지금부터 짐의 명령에 거스르지 말기를 바라오. 또다시 이와 같은 일이 발생하여 작전에 지대한 영향을 끼칠 경우 당사자는 물론이고 가문이 멸족하는 불상사가 생길수도 있음이오."

귀족들은 아무런 행동도 취하지 못했다. 지금까지 한 번도 이런 패도적인 모습을 보이지 않았던 밀리예프 국왕이기에 더욱더 그러하였다. 귀족들과 기사들은 꿀 먹은 벙어리처럼 아무런 말과 대책조차 세우지 못하고 그대로 대회의실에서 물러나야만 했다.

밀리예프 국왕은 몸을 움츠리며 대회의실에서 물러나는 귀족들과 기사들을 한심한 듯 혹은 분노한 듯 바라보았다.

"고생하셨사옵니다."

이윽고 조용히 밀리예프 국왕의 옆을 지키고 있던 멘테스 공작이 입을 열었다. 그에 밀리예프 국왕 역시 꼿꼿하게 세웠던 몸을 구겨 커다란 의자에 등을 기대었다.

"후우~ 어렵군."

고개를 좌우로 절레절레 저으며 한숨을 내쉬는 밀리예프 국왕이었다.

"어쩔 수 없사옵니다. 귀족들은 지금의 상황이 얼마나 위험하며 흉험한지 자각하지 못하고 있사옵니다."

그것은 밀리예프 국왕 역시 자각하는 바였다. 한 번의 패배가 무슨 그리 큰 문제이겠느냐고 하겠으나 지금의 상황에서는 전혀 그렇지 않다. 폴라리스 왕국은 이미 과거의 폴라리스 왕국이 아니었다.

고질적인 문제인 병력의 문제까지 해결되었고, 마스터마저 세 개의 왕국 중 가장 많았고, 마법 전력마저 그러하였다. 어찌 보면 이스턴과 히르센이 연합한다 하여도 과연 폴라리스 왕국을 이길 수 있을까 하는 생각이 들 정도였다.

이스턴은 폴라리스 왕국의 전력을 종전과 다르게 상향 평가하였고, 그에 따른 군비를 확충하였다. 그리고 충분히 이길 수 있다는 자신감을 가지고 폴라리스 왕국 국왕의 결혼식 이후 선전포고도 없이 전격적으로 기습을 감행하였다.

처음에는 놀라울 정도의 성과를 올렸다. 진격한 지 보름 만에 폴라리스 왕국의 동부를 거의 장악할 정도였으니 말이다.
물론, 폴라리스 왕국의 병력이 제대로 저항조차 하지 않고 물
러나는 바람에 이렇다 할 전투조차 없었지만 그렇다 해도 충
분히 만족할 만하였다.

하지만 그것이 오히려 독이 되어 돌아왔다. 15일간의 전투
조차 없는 승리. 그것은 폴라리스 왕국으로 진격하고 있는 이
스턴 귀족들에게는 독이 되었다. 귀족뿐만 아니라 기사나 혹
은 병사들에 이르기까지 그 독은 무서운 속도로 퍼져나갔다.

"에이~ 폴라리스 폴라리스 하더만 별것도 아니고만."

"소문난 잔치에 먹을 것 없다더니……. 저 꽁무니 빼는 것
좀 봐라."

"하여간 북부 놈들이란."

이런 자만이라는 독이 혹은 상대를 평가절하하는 지독한
독이 그들의 가슴에 담겼을 때 그들은 그들의 진군을 막는 트
윈 아이언 성에 도달하였다. 그리고 무려 5일간의 치열한 접
전 끝에 점령하였으나 상처뿐인 승리였다.

그때까지도 그들은 자만이라는 혹은 만용이라는 독에서
헤어나지 못하고 있었다.

"크으~ 뭐, 이 정도는 되어야지."

"독한 놈들이었어."

그랬던 그들은 결국 처참한 패배를 맛보아야만 했다. 무려

47만의 대군이 폴라리스 왕국 정예에 제대로 저항조차 못하고 패배하고 만 것이었다. 살아남은 자들은 많았으나, 도망친 자들은 없었다.

그리고 또 하나 이어지는 소식이 있었으니 그것은 이스턴의 서부 즉, 과거 제국의 황도였던 방향에서 30만이라는 대병이 진격을 시작했다는 것이었다. 아직 이스턴의 북부에 40만의 대군과 왕도에 50만의 대군이 남아 있다고는 하나 진군해 들어오는 폴라리스 왕국군 역시 그와 비슷한 대군이었다.

이로써 병력의 우세함은 완벽하게 제거된 셈. 아니, 오히려 이스턴의 병력보다 더 많아진 셈이었다. 그것은 이스턴의 북부로 향한 세 방향의 병력이 각각 90만이었기 때문이다.

거기에 결정적으로 이스턴의 서부로 진격해 오는 30만의 폴라리스 왕국의 병력. 총120만이다. 물량으로 치자면 이스턴을 당해낼 재간이 없던 폴라리스 왕국이 이번에는 물량으로 이스턴을 압박하고 있는 것이었다.

"거기에 서부로 진격해 오는 사령관이 폴라리스 왕국의 3대 마스터 중 한 명인 베인 후작이라 하옵니다."

"크으음……."

결국에는 답답한 신음을 내뱉고야 마는 밀리예프 국왕이었다. 승승장구할 때는 자신도 좋았으나, 단 한 번의 패배가 이런 커다란 충격을 가져올지는 몰랐다. 단 한 번의 패배로 완벽하게 전세가 역전되고 있으니 말이다.

"어찌하면 좋겠소."

"총동원령을 내려야 하옵고, 히르센 왕국과 동조해야 한다고 보옵니다."

"히르센이 그러려고 할까?"

"이가 없으면 잇몸이 시린 법이옵니다."

"쿵. 우리가 이라는 말이오?"

탐탁지 않다는 듯이 말을 하는 밀리예프 국왕이었지만 이가 되었든 잇몸이 되었든 상관없었다. 그저 짐짓 지금의 상황이 마음에 들지 않았기에 해본 소리일 뿐이었다.

"무엇인가 넘겨줘야 하는 것이오?"

"굳이 그럴 필요 있겠사옵니까? 이미 발등에 떨어진 불이옵니다. 그들 역시 아국과 별반 다르지 않은 상황일 것이옵니다."

"그들이 그렇게 생각한다면 좋겠소만."

"그들은 아국의 제안을 허락하지 않을 수 없을 것이옵니다."

맨테스 공작은 확신에 찬 얼굴로 밀리예프 국왕을 바라보았다. 그런 맨테스 공작을 바라보는 밀리예프 국왕 역시 고개를 끄덕였다. 근래 들어 이런 확신을 가지고 간언한 적이 없었기 때문이다.

마치 후작 시절 제국이 좁다하고 돌아다니던 때의 열정을 다시 보이고 있는 맨테스 공작이었다. 그 현상을 좋게 보는 밀리예프 국왕이었다. 맨테스 공작이 활기를 되찾자 밀리예프 국왕 역시 과거를 회상하여 열정이 되살아나는 듯하였다.

"폴라리스 왕국이 아무리 서북 대평원의 바이큰족을 흡수하였다 하나 아국과 히르센 두 왕국을 한꺼번에 감당하기에는 어려울 것이옵니다. 하나의 왕국이 아닌 두 개의 왕국이고 또한 그러한 만큼 전선이 확대될 수밖에 없사옵니다. 지금은 하나보다는 둘이 낫다는 것을 그들이 모를 리 없사옵니다."

맨테스 공작의 말은 정확했다. 하나보다는 둘이 낫다는 것도 맞고, 전선의 확대가 곧 승리의 요건이라는 것도 맞다. 그에 절로 고개가 끄덕여지는 밀리예프 국왕이었다.

"그렇다는 것은 이미 그쪽에도 손을 썼다는 것이로군."

"황공하옵게도 국왕 폐하의 명을 받지 않고 독단으로 처리하였사옵니다. 죽여주시옵소서."

무릎을 털썩 꿇는 맨테스 공작이었다. 그러한 맨테스 공작을 뚫어지게 바라보던 밀리예프 국왕은 이내 한숨을 작게 내쉬며 입을 열었다.

"되었소. 짐이 파악하지 못한 것이 잘못이오. 또한 지금은 평시가 아닌 전시가 아니겠소. 허하나, 다음부터는 꼭 귀띔이라도 해주었으면 하오. 이 왕국의 국왕은 짐이니 말이오."

"명심, 또 명심하겠사옵니다."

맨테스 공작은 이렇게 될 줄 알았다. 하지만 잘못은 잘못이기에 용서를 빈 것임에 틀림없었다.

"그들이 언제부터 움직인다고 하였소."

"곧장 움직일 태세이옵니다."

"곧장?"

약간 놀라운 듯 표정을 지은 밀리예프 국왕이 되물었다. 그에 맨테스 공작은 고개를 끄덕였다.

"그들 역시 이가 없으면 잇몸이 시리다는 것을 알고 있었다는 반증이옵니다. 또한, 욕심이 났을 것이옵니다. 때문에 이미 준비를 마친 상태였다고 볼 수 있사옵니다."

"하면, 폴라리스 왕국과의 전쟁에서 이긴다 하여도 또 다른 전쟁이 시작되겠구려."

"준비는 하여야 하겠사오나, 지금은 폴라리스 왕국과의 전쟁에 집중할 때이옵니다."

그러했다.

지금은 히르센 왕국과 전쟁을 치르고 있는 것이 아닌 폴라리스 왕국과 전쟁을 치르고 있었다. 비록 폴라리스 왕국과의 전쟁이 끝난 후 히르센과의 담판이 남아 있기는 하지만 지금은 힘을 합쳐야 할 때임은 분명했다.

"승리해야만 할 것이오."

　짧고 굵은 밀리예프 국왕의 말이었다. 이에 몸을 깊숙이 숙이는 맨테스 공작이었다.

　"이 땅은 폐하의 땅이 될 것이옵니다."

　맨테스 공작은 분명 밀리예프 국왕의 뜻대로 될 것이라 말을 했으나 세상의 모든 일이 꼭 정해진 수순 혹은 뛰어난 머리에서 나오는 생각대로 흘러가지는 않았다.

　그 대표적인 예로서 바로 대회의실에서 밀리예프 국왕의 분노를 한 몸에 받고 나온 귀족들과 기사들이었다. 물론, 밀리예프 국왕의 분노와 더불어 대책에 대하여 충심으로 받드는 이가 있는가 하면 그렇지 못한 귀족들과 기사들이 있었다.

　그러한 인원은 소수였으나 아무리 큰 둑이라 할지라도 아주 작은 구멍에 무너져 내릴 수 있는 법.

　바로 그러한 역할을 하는 자들이 있었으니 이스턴 왕국의 개국 공신이라 할 수 있는 브루투스 백작이 대표적이라 할 것이었다.

　그는 괄괄하고 잔인하기로 유명하였으나 그에 반해 그가 진바 무력과 함께 영지군의 실력과 기사들의 실력이 대단하여 이스턴 왕국 동부 귀족의 중심이라 할 만한 사람이었다.

　"크크, 국왕이 나이를 처먹더니 사리판단이 제대로 되지 않는 모양이로군."

그는 지금 왕국의 왕도에 마련된 자신의 화려한 집무실에서 밀리예프 국왕에 대한 험담을 거침없이 해대고 있었다. 평소 사납고 잔인한 성정을 가지고 있던 그이기에 그가 화를 낼 경우 그를 만류할 자는 드물었다.

"진정하시지요."

그러한 브루투스 백작의 행동에 제동을 거는 자가 있으니 그는 바로 브루투스의 사나움을 잠재울 수 있는 몇 안 되는 인물 중 한 명인 찰스 프레임 남작이었다.

그는 현자의 탑 출신으로 만약 프레임 남작이 없었다면 브루투스 백작의 동부 귀족의 중심에 설 수 없었을 뿐더러 중앙 정계에 이렇게 당당하게 자신의 발언권을 주장할 수 없었을지도 모른다.

그것을 알기에 브루투스 백작은 프레임 남작의 말에도 별다른 제지를 가하지 않았다. 제지라기보다는 오히려 기대에 찬 눈동자로 프레임 남작을 바라보았다.

"지금은 시기가 좋지 않습니다. 한 번의 패배가 크긴 하였으나 여전히 국왕 폐하를 옹호하는 이들이 다수이고, 국왕 폐하의 힘은 강력합니다. 섣불리 움직이기보다는 이번 국왕 폐하의 발언에 불만을 가진 자들을 다독이며 그들을 흡수하여 힘을 갖추는 것이 중요합니다."

지극히 타당한 말이었다. 아직까지 이 이스턴 왕국에는 국왕파에 반하는 귀족파의 세력은 미미하여 그 존재조차 모를 지경이었다. 그러한 판국에 국왕에 반기를 든다는 것은 섶을 지고 불로 뛰어드는 형국이니 말이다.

"본 작은 이번 폴라리스 왕국과의 전쟁이 기회라고 생각하는데 남작은 어찌 생각하는가?"

"당연히 기회입니다. 동부의 힘을 보여줄 기회이고, 현 국왕 폐하의 실정에 불만을 품은 이들을 흡수하여 힘을 극대화할 절호의 기회입니다."

마음에 쏙 드는 프레임 남작의 말에 흡족한 웃음을 흘리는 브루투스 백작이었다.

"어찌하면 될까?"

"동부의 병력을 모아 적극 이 전쟁이 참여하여야 합니다. 동부의 힘을 보여수고, 승리를 이끌어 내고, 귀족의 발언권을 강화시켜야 합니다. 국왕 폐하의 독단적인 결정에 대항할 수 있을 정도의 힘을 기르서야 합니다."

"그리하면 자연적으로 영감의 결정에 불만을 품은 귀족들이 본 작의 곁으로 다가올 것이로군."

무엇이 그리 좋은 기꾀하게 입술을 비틀며 프레임 남작의 뒷말을 잇는 브루투스 백작이었다.

"그들을 포용하시면 됩니다."

"포용이라……."

톡! 톡!

검지로 탁자를 톡톡 내려치는 브루투스 백작의 행동. 그는 자신이 부족한 것이 무엇인지 분명하게 안다. 사납고 불같은 성정이나 자신의 부족한 점을 모르는 이가 아니었다.

"그것은 남작이 나를 도와줘야 하겠군."

"저를 내치시지만 않는다면."

"크크크, 남작이라면 본 작이 성정을 잘 알 것. 본 작이 남작을 내치기 전에 이미 사라질 것을. 오히려 그런 걱정은 본 작이 해야 할 듯하군."

잔인하게 웃는 브루투스 백작. 그에 마주 보며 흰 이를 드러내며 웃는 프레임 남작이었다. 서로가 서로를 너무 잘 알고 있었다. 그러하기에 주군과 수하로 남는 것일 게다.

단단해 보였던 이스턴 왕국.

그 속에도 그 단단함을 저해하는 존재가 있었다. 스스로 선택을 하든지 아니면 누군가의 부추김으로 인해서든지 말이다. 그리고 그 작은 틈은 힘들게 일으켜 세운 왕국을 멸망으로 이끌 수도 있음이었다.

이곳은 히르센 왕국의 왕도의 중심에 자리하고 있는 히르센 왕궁. 그들은 모든 중요 건물을 히르센의 그것을 그대로 따라 지었다. 그래서 왕궁의 이름조차도 히르센 왕궁이었다.

그러한 곳의 깊숙하게 자리한 곳에서 히르센의 로드리게스 국왕과 군사장인 오펜하이머 후작, 군무대신인 레슬리 그로부즈 백작, 그리고 사십대 중반처럼 보이는 한 명의 기사가 앉아 있었다.

“이스턴이 도움을 요청했다고?”

“그러하옵니다.”

로드리게스 국왕의 물음에 군무대신인 그로부즈 백작이 답을 했다. 여기 모인 네 명의 안색은 밝은 표정도 아니었으나 그렇다고 침중한 표정도 아니었다. 다만, 어떤 중대한 결정을 하기 전의 긴장감만이 돌 뿐이었다.

“군사장의 의견은 어떠한가?”

로드리게스 국왕은 가장 먼저 군사장인 오펜하이머 후작의 의견을 물었다. 그것이 당연한 수순일 것이다. 아무리 재상이 있고 군무대신이 있다 해도 군사적인 부문에 있어서 그리고 전략적인 부분에 있어서 오펜하이머 후작을 따를 수 있는 자는 없으니 말이다.

“이제는 나아가야 할 때가 아닌가 하옵니다.”

“나아갈 때라…….”

뒷말을 흐리며 입을 닫은 로드리게스 국왕이었다. 그리고 깊은 침묵에 잠겼다. 지금 오펜하이머 후작의 말은 실로 중대한 말이었다. 앞으로 히르센 왕국이 어떻게 해야 할지에 대한 답이었기 때문이다.

깊은 침묵에 잠겼던 로드리게스 국왕의 시선이 들리고 마침내 오펜하이머 후작을 향했다. 그와 동시에 군무대신과 또 한 명의 기사 역시 오펜하이머 후작을 바라보았다.

"폴라리스 왕국이 지나치게 강성해 졌사옵니다. 바이큰 왕국이 무너지고 그 바이큰 왕국의 전력을 흡수한 폴라리스 왕국은 아국과 이스턴 왕국이 모두 합친다 하여도 그 결과를 쉽게 예측할 수 없을 정도가 되어버렸사옵니다."

"크으으음."

오펜하이머 후작의 말에 동감하지만 실로 마음에 들지 않는다는 그러한 표현이라 할 것이었다. 북부의 촌놈들도 여기며 상대도 되지 않을 것이라 생각하고 있었지만 이제는 두 왕국이 힘을 합쳐도 그 끝을 알 수 없을 정도로 강대해진 폴라리스 왕국에 대한 불편한 심정을 대변한 것이었다.

"그러하기 때문에 아국은 앞으로 나가야 하옵니다. 또한 지금이 시기가 가장 적절한 연유는 아국이 주공이 아닌 조공이기 때문이옵니다."

"그러한 연유는?"

오펜하이머 후작의 설명에 로드리게스 국왕이 그 이유를 물었다. 주공이 아닌 조공이기 때문에 가장 적절하다 판단하는 이유를 말이다.

"폴라리스 왕국이 동원 가능한 병력의 주력이 아국을 향하는 것이 아닌 바로 이스턴 왕국으로 향하기 때문이옵니다. 덕분에 아국은 작은 힘으로 그들을 도울 수 있고, 아국에게 향하는 폴라리스 왕국의 힘이 약하기에 작은 힘으로 큰 효과를 누릴 수 있사옵니다."

"그러하군."

마침내 로드리게스 국왕의 고개가 끄덕여졌다. 오펜하이머 후작의 설명이 옳다는 것일 게다. 그것은 군무대신과 정체 모를 기사 역시 마찬가지였다. 그러함에 로드리게스 국왕이 그 정체 모를 기사에게 물었다.

그러한 로드리게스 국왕의 물음에 모든 시선이 그 정체 모를 기사에게로 향했다. 그는 다름 아닌 로드리게스 국왕을 제외한 히르센 왕국의 두 번째 마스터인 홀리오스 벤투스 후작이었다.

이미 예순을 넘은 벤투스 후작이었으나 그 드러난 모습은 사십대의 젊고 신중하며 패기만만한 젊은이의 모습이었다. 원래는 벤투스 백작가의 둘째 아들로 계승권에서 멀었던 그였으나 전란의 시대에 들어서며 마스터에 오른 자였다.

하나 그가 이곳에 있는 이유는 오로지 검만을 아는 그런 마스터가 아닌 전략적인 측면에서 오펜하이머 후작과 쌍벽을 이룰 정도의 전략통이라는 점에서였다.

보기 드문 마스터였기 때문에 그가 이 자리에 앉아 있는 것이었다.

"분명 기회이기는 하나 조심스럽지 않을 수 없사옵니다. 지금까지 지켜본 폴라리스 왕국을 보면 그들의 대비는 철저했사옵니다. 그것은 과거 북부 촌놈이라 불리던 그러한 곳이 아닌 아국과 동등한, 아니, 오히려 아국보다 더 윗줄에 놓고 판단해야 할 그들의 전력이옵니다."

"크으음."

불편한 음성이 들려왔다. 인정하지 않을 수 없는 사실. 그러하기에 평소 같았으면 어떠한 조건을 걸어 이스턴 왕국과의 협상을 벌였을 히르센이 아무런 조건 없이 폴라리스 왕국과 이스턴 왕국과의 전쟁에 참여하려 하지 않았을 것이다.

"하면 후작의 전략은 무엇인가?"

"전력으로 폴라리스 왕국의 서남부를 쳐야 하옵니다."

"전력으로?"

"그러하옵니다."

벤투스 후작의 주장에 로드리게스 국왕과 그로부즈 군무대신의 시선이 오펜하이머 후작에게로 향했다. 그에 오펜하이머 후작은 벤투스 후작의 의견이 타당하다는 듯이 고개를 주억거렸다.

"어차피 이스턴은 폴라리스 왕국과의 전쟁에 온 신경을 집중하고 있기에 아국에는 전혀 신경 쓰지 못할 것이옵니다. 그들의 맞닿은 국경 지역의 병력을 축소하여 전혀 문제가 되지 않사옵니다.”

“그렇단 말이지?”

벤투스 후작과 오펜하이머 후작의 말에 조용히 눈을 감으며 멋들어지게 기른 턱수염을 매만지며 생각에 잠긴 로드리게스 국왕이었다.

“또한 폴라리스 왕국과의 전쟁 이후를 생각한다면 전력으로 폴라리스 왕국의 서남부를 공략하여 아국에 복속시키는 것이 유리하옵니다.”

그 말과 함께 정적이 흘렀다. 그 정적은 상당히 오랫동안 지속되었다. 그만큼 복잡한 속내와 계산이 로드리게스 국왕의 두뇌를 헤집고 있다는 것을 증명하는 침묵이라 할 것이었다.

“좋소. 50만의 병력과 1만의 기사 그리고 2천의 특임부대, 3천의 마법 병단으로 구성된 폴라리스 정복군으로 명명하며 그 폴라리스 정복군의 총사령관으로는 홀리오스 벤투스 후작으로 임명하는 바이오. 또한 부사령관으로는 루이스 챈들러 백작을 임명하는 바이오. 또한 폴라리스 정복군에 필요한 모든 지원은 군무대신인 그로부즈 백작이 담당할 것이며, 오펜하이머 후작은 벤투스 후작의 작전을 보좌할 군사를 선발하여 벤투스 후작을 지원토록 하라.”

“명을 받으옵니다.”

그렇게 전격적으로 히르센 왕국의 참전이 결정되었다. 이것은 우연이 아닌 필연이라 할 수밖에 없었다. 패권을 차지하기 위한 필연 말이다.

트윈 아이언 성을 회복한 베르누크는 빠르게 다음 목적지로 움직여 나갔다. 다음 목적지는 바로 동부에서 가장 큰 성이라 할 수 있는 자이칸이라는 성이었다.

자이칸 성은 사방이 탁 트인 평원에 새워진 성이었다. 북부 지역에서 좀체 보기 힘든 성으로서 성의 높이가 자그마치 30미터에 이르렀고, 내성과 외성으로 구분되어 이중 삼중으로 중첩되어 있고, 20미터 간격으로 성루가 세워져 있어 견고하기로 유명한 성이었다.

그 성의 모태는 바로 과거 황도의 네 방향을 지키고 있던 성을 모티브로 한 성이기에 그 육중함과 위압감은 실로 대단하여 100만 대군으로 몰아친다 하여도 함락되지 않을 성싶은 그러한 성이었다.

만약 자이칸 성을 함락시킨다면 동부의 절반을 함락한 것과 다르지 않았기에 전략적으로 상당히 중요한 성이라 할 것이었다. 때문에 베르누크는 자이칸 성으로 빠르게 움직이면서 많은 저항을 예상하였다.

바로 자이칸 성의 중요성을 잘 알고 있음과 그곳을 지키고 있는 자가 이스턴 왕국의 마스터인 나이젤 후작이라면 더욱더 그러할 것이라 믿어 의심치 않았다.

한데 아니었다.

이상하게도 자이칸 성으로 가는 동안 단 한 번도 이스턴 왕국의 병력과 조우하지 못한 것이었다. 하지만 그러한 의문점은 자이칸 성에 도착하자마자 바로 씻은 듯이 사라지고 말았다.

자이칸 성은 그들이 올 것을 알고 이미 철저하게 방비하고 있었기 때문이다.

그 드넓은 성 전체에 불이 환하게 밝혀져 있고, 성문은 굳게 닫혀 있었디. 더불어 성벽 위에는 수많은 이스턴 왕국의 병사들과 마법사들이 마치 환영한다는 듯이 베르누크가 거느린 폴라리스 왕국군을 바라보고 있었다.

그들은 어쭙잖게 적의 화를 돋우기보다는 완벽하리만치 철저하게 준비하고 있었던 것이었다.

'흐음……'

당연히 베르누크와 카림의 표정은 굳어질 수밖에 없었다. 매복과 기습이 없어 대략적으로 예상은 했지만 설마 이렇게 철저하게 준비하고 있을 것이라고는 생각지 못했기 때문이었다.

"나이젤 후작이 단단히 작정한 모양이구만."

"이미 예상한 바이지 않사옵니까?"

"그렇다 해도 저놈의 성벽은 정말 질리는구만."

베르누크는 침중한 얼굴로 30미터에 이르는 성벽을 바라보았다. 자이칸 성 안에는 40만의 대군이 있다. 마법사가 있었고, 기사들이 있었다. 자신이 거느린 병력이 30만이라고는 하지만 공격 측의 병력이 수성 측 병력의 세 배를 상회해야만 공성이 성공한다는 것은 누구나 아는 사실.

자이칸 성은 2교대로 충분하게 휴식을 취하면서도 베르누크 자신이 거느린 병력을 충분히 막아낼 수 있기 때문에 공격자 입장에서는 지극히 공략하기 어려운 성이라 할 수 있었다.

게다가 사방이 훤히 트인 평지에 위치한 성이었다. 병력도 세 배는커녕 오히려 10만이 더 작으니 아군에 있을 적에는 든든한 보루이겠으나 적군에게 있으니 그야말로 철옹성처럼 보이기에 충분했다.

그때 자이칸 성의 기사들 사이에서 누군가 한 명이 걸어 나왔다. 그는 바로 이스턴 왕국의 유일한 마스터인 나이젤 후작이었다.

"오랜만에 뵙사옵니다."

"오랜만이오."

나이젤 후작의 말에 베르누크 역시 마치 친한 이웃을 대하듯 답을 하고 있었다.

"이렇게 국왕 폐하께옵서 직접 병력을 이끌고 오실 줄은 몰랐사옵니다. 영광이옵니다."

"무슨 영광씩이나. 정 영광스러우면 성을 비우고 물러나주면 좋겠소만."

"어인 말씀을. 힘들게 얻은 성이옵니다. 그저 내어주기에는 너무나 아깝지 않사옵니까?"

"뭐, 그냥 물어본 것이오. 쉽게 얻으면 쉽게 나가는 법이니 나 또한 그 성을 쉽게 얻을 생각은 없소이다."

어깨를 으쓱해 보이며 농담하듯이 말을 하는 베르누크였다. 전혀 긴장감이 없어 보이는 이러한 행동은 폴라리스 왕국군과 이스턴 왕국군에게는 미묘하게 작용하였다.

폴라리스 왕국군에게는 언제든시 그따위 성은 얻어낼 수 있다는 자신감을, 이스턴 왕국군에게는 자신들이 힘겹게 얻은 이 성에 대하여 도대체 무슨 자신감으로 그렇게 가볍게 말하는지 의문이 들게 했다.

그러한 미묘한 차이는 결국 각 병력들의 사기에 영향을 끼치게 되어 있다. 전투에 앞선 기세싸움은 이미 시작하고 있는 것이었다. 그 기세 싸움에서 나이젤 후작은 조금 손해를 보고 있는 것이고 말이다.

"아하하하. 말로는 도저히 제가 국왕 폐하를 이길 수 없을

것 같사옵니다. 수많은 전장을 그 대단한 구공으로 이기신 듯
하옵니다."

"구공도 구공 나름 아니겠소."

"하하하. 이쯤해서 인사를 마치겠사옵니다. 그리고 기다리
겠사옵니다."

"그래. 기다려 보도록 하게."

그 말을 끝으로 나이젤 후작은 모습을 감추었다.

"쯧. 만만치 않겠군."

"지금까지 어디 만만한 전장이 있었사옵니까?"

"그건 그런데… 방도는 있나?"

마치 아무런 기대조차 안 한다는 듯이 스쳐 지나가듯 물어
보고는 나이젤 후작이 모습을 감춘 성벽을 바라보고 있는 베
르누크였다. 마치 관심을 가지고 물어보면 대책이 안 나올 것
을 걱정하는 어린아이처럼 말이다.

"일단 생각을 해보아야 하지 않겠사옵니까?"

"지금 생각나는 것은 없고?"

"저런 성벽 높이라면 공성 병기도 전혀 도움이 되지 않을
것이옵니다."

"그러니까 대책이 있냐고."

결국은 카림을 똑바로 바라보며 물어보는 베르누크였다.

"예전 바이큰족이 테레지아 남작령을 공격했던 때를 기억

하시옵니까?"

"그때라면……. 토성?"

"토굴을 파 잠입하는 방법도 있사옵니다만."

"토성이나 토굴이나."

"다릅니다."

"달라?"

다르다는 말에 베르누크의 시선이 다시 카림을 향했다. 그에 고개를 주억거린 카림이 말을 이었다.

"토성은 쌓아 올리고 공개적으로 적을 압박하는 수단이나 토굴은 은밀하게 땅 밑으로 파고는 것이옵니다."

"다 아는 것은 빼고."

"토성은 대규모 공격과 적에게 위압감을 주는 공격 수단이옵고, 토굴은 소규모로 침투하여 적의 내부를 흔드는 작전이옵니다."

카림은 두 가지의 방법 중 어떤 것을 택하겠느냐는 선택을 강요하고 있었다. 그에 카림을 한 번 슬쩍 쏘아본 베르누크는 뚱하게 말을 했다.

"두 개 다 하지 뭐."

간단하게 말을 하는 베르누크의 말에 카림이 베르누크를 바라보았다. 두 개 다라는 말은 토성은 눈가림이라는 것이다. 그리고 공성전 역시 눈가림이라는 것이고 말이다.

물론 그 눈가림이 결코 드러나서는 안 된다. 실제 공성과 똑같아야 한다는 것이고 토굴은 그 와중에 은밀하게 진행되어야 한다는 것을 의미했다. 그렇다는 것은 결코 쉬운 일이 아니었다.

적장이 마스터인 나이젤 후작이라면 섣부른 속임수엔 절대 속지 않을 것이기 때문이었다.

"왕비에게 연락을 넣어. 자이칸 성의 배후를 공략하라고."

"알겠사옵니다."

베르누크의 말에 고개를 끄덕이는 카림이었다. 60만이면 충분하다. 자이칸 성이 아무리 철옹성이라고 하더라도 그리고 그 철옹성을 지키는 이가 아무리 마스터라 해도 결국은 무너질 수밖에 없다는 것을 확신했다.

"왕비마마께옵서 당도하실 동안 열심히 소리 좀 질러야 하겠사옵니다."

"그런 건 기본이지."

"진영을 꾸리겠사옵니다."

"그러든지."

심드렁하게 카림에게 말을 하고는 이내 깊은 생각에 잠기는 베르누크였다. 때로는 이맛살을 찌푸리며 매우 짜증스러운 표정을 짓기도 하고 때로는 아무런 생각도 없다는 듯 멀뚱히 자이칸 성을 멍하게 바라보기도 했다.

‘마음에 들지 않아.’

정말 마음에 들지 않았다. 자신은 준비한다고 준비했다. 그냥 한 것이 아니라 정말 열심히 준비했다. 그런데 순식간에 왕국의 동부가 점령당해 버렸다. 이건 뭐 준비하나 안 하나 똑같았다.

그래서 불만이었다. 그 불만의 문제는 결국 자신에게 있음도 알았다. 그래서 더욱더 화가 났다. 물론 모든 일이 계획한 대로 이루지지 않음을 알고 있다. 그래도 자신은 내심 왕국을 잘 이끌어 오고 있다고 생각했다.

많은 이들이 자신을 따르고 있으니 말이다. 그런데 아니었다. 제국 유신들의 반란과 완벽하게 믿지는 않았지만 그래도 조금이나마 믿었던 이들이 마치 기다렸다는 듯이 동부의 병력에 항복해 버리는 이 사태가 짜증이 나고 분했다.

남들이 이러한 베르누크의 생각을 듣는다면 피를 토하고 죽을 것이다. 욱일승천하고 있는 폴라리스 왕국의 국왕이다. 마스터가 무려 세 명이나 있고, 7서클의 대마법사가 있으며, 병력은 충성심이 강해 연전연승을 거두고 있다.

비록 반란이 일어났고, 마스터 중 한 명이 반란군의 암습에 당해 아직 제대로 회복하지 못하고 있는 것은 사실이다.

하나, 이스턴과 히르센의 강력한 도전을 받고 있다 해도 모든 이들이 무너진 제국을 잇는 새로운 제국의 이름이 폴라리스가 될 가능성이 지극히 높다는 것을 부정할 이들은 드물다.

그만큼 잘나가고 있는 왕국이 폴라리스 왕국이다. 한데, 베르누크는 그런 대단한 상황이 마음에 들지 않는 것이었다. 그것은 다름 아닌 베르누크 스스로 나이가 들어가고 있음을 알기 때문이었다.

이미 오십대로 접어드는 베르누크였다. 아무리 과거 아놀드 험프리 경의 심득을 얻어 트리플 마스터에 올랐다 하나 자신이 인간인 이상 언젠가는 죽는다는 것을 아는 베르누크였다.

인간은 유한한 존재이니 말이다.

'시간이 없어.'

베르누크는 자신의 대에서 모든 피를 흘리고 후대에는 더 이상 이런 피가 흐르지 않았으면 하는 생각을 가지고 있었다. 그저 살아보고자 했으나 북부를 손에 넣고, 왕국을 세웠으며, 이제는 자연스럽게 제국으로 향하고 있었다.

피할 수 없는 수순이라는 것이었다. 자신이 얼마만큼 살지는 모른다. 다른 이들보다는 오래 살 것이니 최소한 앞으로 40년은 더 살 수 있을 것이다. 하지만 그렇게 오랫동안 왕좌에 앉아 있고 싶지 않은 베르누크였다.

그러하기에 지금 베르누크는 마음이 급했다. 최대한 빠르게 이스턴과 히르센 두 왕국과 결판을 내야만 했다. 죽든지 살아남든지 말이다.

"답답하시옵니까?"

어느새 카림이 베르누크의 곁으로 다가와 있었다. 카림을 슬쩍 바라보고 고개를 돌려 자신이 이끌고 온 병력이 있는 곳을 바라보았다. 이미 30만의 병력은 일사분란하게 움직이며 진영을 꾸리고 있었다.

"삶이라는 것은 유한한 것이니까."

"오래가지는 않을 것이옵니다."

"오래가지는 않을 것이라. 그랬으면 좋겠군."

왠지 힘이 빠진 듯한 베르누크의 목소리에 카림이 살짝 웃었다. 그러한 카림의 얼굴에도 이미 세월의 흔적이 남아 주름이 지기 시작했고, 귀 옆으로는 희끗하게 흰 머리가 돋아나고 있었다.

"후작도 세월이 비껴가지는 않는 모양이군."

그러한 카림의 모습을 보며 베르누크가 독백처럼 내뱉었다. 그에 카림은 히죽 웃었다.

"하나 주군께서는 아직 삼십대 그대로이옵니다. 저보다 더 젊어 보이시는 분이 어찌해서 세월을 걱정하시고, 시간이 흐름을 통탄하시옵니까?"

그에 슬쩍 웃음을 띠우며 베르누크는 자신의 가슴을 톡톡 쳤다.

“이곳. 이곳이 늙어가고 있어. 하기에 서둘러야 해. 가슴이 늙으면 이곳도 늙어. 그러면 욕심이 늘어나지. 나는 그것이 두려운 것이야.”

그러면서 베르누크는 가슴을 두드리던 손을 머리로 가져가고는 검지로 머리를 톡톡 두드렸다. 지금 베르누크는 자신의 생각이 늙어가고 있음을 혹은 구태의연함에 젖어 퇴보할 것을 두려워하고 있는 것이었다.

“폐하께옵서는 아직 퇴보하지 않으셨사옵니다. 소신에게 있어 폐하께옵서는 아직도 처음 만난 그대로이시옵니다.”

“위로해 주는 것인가?”

베르누크의 말에 카림은 고개를 주억거렸다. 그렇다는 것이었다. 그러한 태도에 오히려 불어본 베르누크가 무안할 지경이었다.

“크음.”

“위로 맞사옵니다만 현재 폐하께옵서 가지는 불안과 다급함은 어쩌면 당연한 것일 수도 있으나 일국을 이끌어가는 폐하이옵시기에 흔들리시지 말아야 하옵니다. 수십만의 병력이 또한 수백 수천만의 왕국민이 폐하의 일거수일투족을 지켜보고 있사옵니다.”

베르누크는 말없이 카림의 말을 경청하였다.

“힘들다 하여 회피할 수 없고, 아프다 하여 표현할 수 없사옵니다. 가장 앞에서 가장 많은 고통과 가장 많은 피롤 존체를 더럽히셔야 하옵니다. 지금까지 폐하께옵서는 그리하셨사옵니다."

"그리했지."

무겁게 카림의 말에 동조하는 베르누크였다.

"폐하께옵서 지옥의 구렁텅이로 빠지시고, 무한의 고통을 당하신다면 그 무한의 고통의 옆자리는 바로 제 자리일 것이옵니다. 폐하를 꼬드긴 막중한 죄로 인하여 말이옵니다. 이제 거의 다 왔사옵니다. 이스턴도 그러하고 히르센도 그러하옵니다."

베르누크는 카림의 말에 피식 웃고야 말았다.

"바이큰 왕국이 그러하듯이 그 두 왕국 역시 폐하의 두 발에 놓이게 될 것이옵니다. 그리하오면 폐하께옵서 적실 피의 양은 줄어들 것이옵니다. 물론, 제국을 공고히 하기 위해서는 또 다른 피가 점철되겠사오나 지난 2, 30년간의 전쟁만큼 하겠사옵니까?"

"좋은 소리는 아니로구만."

좋은 소리는 아니었다. 피를 더 뒤집어쓰라는 말이니 결코 좋은 소리는 아니었다. 하지만 베르누크는 안정을 찾았다. 언제나 그렇듯이 지금 당면한 현실에 집중하면 되는 것이었다.

살아온 세월 중 반 평생 이상을 전장에 보낸 베르누크였다.

내치는 이미 왕세자가 하고 있었다. 실질적으로 폴라리스 왕국의 내정을 돌보고 있으니 후대는 걱정하지 말라는 것일 게다.

"그렇군. 나는 지금 현실에 집중하면 되는 것이었군. 이스턴과 히르센을 말이지. 그 후의 일은 그 후에 생각하고 말이지. 이 세상에는 경과 나만 있는 것은 아니니 말이지."

"이제 아셨사옵니까? 진즉 알고 계신 줄 알았사옵니다."

"쿵."

카림의 말에 뻘쭘한 듯 콧김을 내뿜는 베르누크였다. 하나, 가슴 한쪽을 답답하게 하던 것이 쏙 빠져나가 왠지 시원한 느낌이 드는 베르누크였다.

"하고, 아무래도 히르센의 움직임이 심상찮사옵니다."

"결국 그들도 움직이는 것인가?"

"서남부를 향할 듯하옵니다."

"어쩔 수 없군. 조금 더 쉬게 하고 싶지만 뭐, 영감탱이 살려준 값은 하라고 해야지."

무언가 마음에 안 든다는 듯이 말을 하는 베르누크였다.

"구데리안 공작 각하를 보내실 생각이옵니까?"

"그 영감밖에 없잖아."

"한데 어찌하여 카이시스 대공은 움직이시지 않사옵니까?"

아마도 그동안 참아왔던 카림의 물음이었을 것이다. 어떤

전투가 있든 어떤 상황에서든 베르누크는 항상 카이시스 대
공을 제외시켰다. 또한 그를 내치에만 전념시켰고, 마탑주로
서의 임무에만 국한시켰을 뿐이었다.

"그는… 대공이니까."

그렇게 얼버무린 베르누크였다. 카이시스 대공에 대해서
는 입 밖으로 내서는 아니되었다. 그것은 맹약이었으니 말이
다. 또한 카이시스 대공을 움직이지 않는다 하여도 충분히 강
하였다.

하지만 베르누크의 생각은 그 강하다는 것에만 국한되지
않았다.

'인간의 역사는 인간에 의해 쓰여야 하니까.'

그러했다.

그것이 베르누크가 카이시스 대공을 적극적으로 활용하지
않은 이유였다. 물론 카이시스 대공으로 인하여 죽어가던 마
법이 살아난 것은 어쨌거나 인간의 역사에 관여한 것이라 하
겠으나 그것 역시 어디까지나 드래곤으로서가 아니라 인간으
로서였다.

카림은 베르누크의 간단한 말에 그저 고개를 끄덕일 수밖
에 없었다. 베르누크가 특이한 설명을 더하지 않고 말을 했다
는 것은 밝히고 싶지 않다는 것을 의미하기 때문이었다.

"하면, 구데리안 공작을 남부 방어 사령관으로 임명하고,

부사령관으로 클레이튼 대족장을 임명하는 것이 어떠하겠사
옵니까?”

“롬멜 백작이 서운해하지 않을까?”

“롬멜 백작이 그렇게 속 좁은 사람은 아니옵니다. 또한, 지
금의 상황을 이해 못할 이도 아니고 말이옵니다.”

베르누크의 얼굴이 살짝 찡그려졌다.

“내가 서운해. 오랫동안 나와 함께한 이지만 제대로 해주
지도 못했잖아.”

“하면, 총사령관에는 구데리안 공작을 클레이튼 대족장에
게 1군 사령관을 롬멜 백작에게 2군 사령관을 맡게 하는 것이
어떻겠사옵니까?”

카림이 대안을 내놓자 그제야 마음이 조금 놓인다는 듯이
싱긋 웃어 보이는 베르누크였다.

“그래. 그 정도는 대우해 줘야지. 그러면 병력 구성이 남았
나?”

“병력의 구성은 아무래도 아국의 병력보다는 바이큰족의
전사의 비중이 높아질 듯하옵니다.”

“그건 어쩔 수 없는 것이겠지.”

이미 폴라리스 왕국의 병력은 이스턴 왕국과의 전쟁에 대
부분 투입된 상황이니 당연히 히르센의 병력을 막아낼 병력
은 바이큰족의 병력이 될 수밖에 없었다.

하지만 베르누크는 그것을 오히려 반겼다. 그 연유는 바로 동맹이라는 것보다는 적국의 침략을 아무런 조건 없이 같이 막아낸다는 동맹 이상의 무엇을 이끌어 내기 위해서였다.

다른 왕국민이 아닌 같은 폴라리스 왕국민이라는 어떤 소속감 말이다. 동맹이라고 하지만 바이큰족과 폴라리스 왕국이라는 인식이라면 종내에는 서로의 이익을 위해서 갈라설 수밖에 없었다.

베르누크가 원하는 바는 바이큰족과 폴라리스 왕국민을 나누는 것이 아닌 하나로 엮을 생각을 하고 있었기 때문에 그들에게도 기회를 주어야 했다. 자신들이 지켜냈다는 것을, 혹은 바이큰족이 폴라리스 왕국민과 다른 사람들이 아니라는 것을 말이다.

"해서 서남부 방어를 위해 배치된 병력은 바이큰속 전사가 주축이 된 60만의 병력이옵니다."

"충분하겠군."

"그렇사옵니다."

"하면 이곳만 신경 쓰면 되는 것이로군."

"그렇사옵니다."

"좋아. 계획대로 실행하도록."

"명을 받사옵니다."

CHAPTER
02

자이칸 성 공방전

Knight King

지리한 공방전이 시작되었다.

폴라리스 왕국군은 보병의 진격은 하지 않고 토성을 쌓아 올리면서 원거리에서 화살을 날리고 마법을 날렸으며 공성병기로 성벽을 깨뜨리고 성안의 건물을 박살 내었다.

자이칸 성을 지키는 나이젤 후작은 마법에는 마법으로 화살에는 방패로 공성병기에는 견고한 성벽을 의지해 모든 공격을 차근차근 무효화시켰으며, 그 와중에도 쉼없이 쌓아 올리는 폴라리스 왕국군의 토성을 밤마다 무너뜨렸다.

쌓아 올리면 무너뜨리고, 쌓아 올리면 무너뜨렸다.

그에 질리기라도 하건만 폴라리스 왕국의 병사들은 마치 개미가 거대하고 단단한 탑을 세우듯이 무너진 토성 위에 다시 흙을 쏟아부으며 토성을 쌓아 올렸다.

"끄응, 도대체 무슨 생각이란 말인가?"

나이젤 후작은 무너진 토성을 벌써 보름째 끊임없이 쌓아 올리는 폴라리스 왕국군의 진영을 바라보며 앓는 소리를 했다.

그도 그럴 것이 보병의 진격은 단 한 번도 없었다. 성을 공략함에 있어서 보병의 진격은 필수불가결하다. 한데, 원거리에서 화살만 쏘고, 마법만을 날리고, 공성 병기만을 사용하니 오히려 당황스럽기 그지없었다.

분명 뻔히 보이는 수였다. 그 외에는 어떠한 수도 없었다. 그러함에도 나이젤 후작은 심적으로 엄청난 고민과 고뇌에 빠져들 수밖에 없었다.

"무적의 폴라리스 왕국이라고는 하나 이 성의 규모를 생각하면 별다른 수가 없지 않겠습니까? 더군다나 성안의 병력보다 적은 병력으로 이 단단한 자이칸 성을 함락하기에는 불가능함을 알고 있을 것입니다."

"물론 저들이 세운 성이니 충분히 잘 알겠지. 하지만 말이네, 그러함에 불구하고 공략할 방법이 없음에도 공격하는 이유가 무엇이냐 말이지. 게다고 보병은 진격조차 하지 않고 말이네.”

　나이젤 후작은 여전히 토성을 쌓아 올리고 있는 폴라리스 왕국의 진영을 바라보며 말을 하고 있었다.

　“그야 토성이 완성되기를 기다리고 있는 것 아니겠습니까?”

　“그렇다고 하기에는 적들의 동태가 너무 이상하지 않은가?”

　“무엇이 말입니까?”

　부사령관 카리코프 백작, 자이칸 성의 정문을 활짝 열어젖히고 이스턴 왕국군을 맞아들인 나크마노프 백작 역시 의문에 가득한 눈빛으로 나이젤 후작을 바라보았다.

　“바이큰 왕국과의 전쟁에 있어서 폴라리스 왕국이 기다려서 공성을 했던 적이 있던가?”

　“그야…….”

　나름 전략통이라 할 수 있는 카리코프 백작이나 나크마노프 백작은 뒷말을 잇지 못했다. 폴라리스 왕국은 바이큰 왕국과의 전쟁을 수행할 당시 이와 같은 석성을 모두 뛰어넘었다.

　마법을 사용하고, 상상할 수도 없을 정도의 전략과 압도적인 무력으로 모든 성을 눈 깜짝할 사이에 점령하고 남진한 결과, 기어코는 바이큰 왕국을 무너뜨리고 말았다.

　바이큰 왕국이 무너졌다는 결과가 없었다면 도저히 믿을

수 없을 정도의 압도적인 폴라리스 왕국의 무력이라 할 수 있었다. 그런데 그러한 광폭하기까지 한 그들이 과거의 전격적인 전략과는 전혀 다르게 한낱 수단일 수밖에 없는 토성에 집착하고 있었다.

거기까지 생각이 미친 카리코프 백작과 나크마노프 백작은 결국 얼굴이 심각하게 굳어질 수밖에 없었다. 저들이 무엇인가를 꾸미고 있다는 것을 알고 있었지만 대체 그것이 무엇인지를 모르니 답답한 표정이 될 수밖에 없는 것이다

"하면, 저것이 아군을 속이기 위한 눈가림이란 말입니까?"

"폴라리스 황국의 전법은 최소의 희생으로 최대의 효과를 얻어내는 것이 주를 이루고 있소. 눈가림이라 하나 보병을 이 성으로 진격시키지 않는 것만 보아도 알 수 있음이지. 그것을 비추어 본다면 그들은 분명 다른 계략을 획책하고 있음이지."

"……."

나이젤 후작의 말에 침묵할 수밖에 없는 카리코프 백작과 나크마노프 백작이었다. 하지만 둘의 침묵은 결코 같은 방향의 침묵이 아니었다. 특히나 나크마노프 백작의 경우는 더욱더 그러했다.

'흐음. 이러다 점령당할 수도 있겠군. 내가… 잘못 생각한 것인가?

나크마노프 백작의 이마에 굵은 주름이 잡혔다.

'대책을… 세워야 하는 것인가?'

나크마노프 백작의 눈동자가 흔들렸다. 하지만 나이젤 후작이나 카리코프 백작은 그러한 나크마노프 백작의 흔들리는 눈동자를 보지 못했다. 이미 그를 아군으로 믿고 있었고, 지금은 그를 염두에 둘 정도의 상황이 아니었기 때문이기도 했다.

'하아~'

암담함을 담은 얼굴과 답답함을 표하는 깊은 한숨이 내쉬어졌다. 나크마노프 백작의 시선은 열심히 토성을 쌓아 올리고 있는 폴라리스 왕국군의 진영을 향하고 있었다.

사실 나크마노프 백작의 입지는 그리 탄탄하지 못했다. 아니 오히려 위태위태하다고 하는 것이 옳을 것이었다. 그것은 다름 아닌 지금 자이칸 성을 휩쓸고 있는 출처가 불분명한 소문 덕택이라고 할 수도 있었다.

그 소문이란,

"이스턴의 국왕은 신의로 대한 폴라리스의 국왕을 배신으로 대했다."

"자이칸 성의 성주 제프리 나크라노프 백작은 과거 제국의 황궁 감옥에 있던 자로서 폴라리스 왕국의 국왕에게 충성을 맹세했음에도 불구하고 자신의 욕심을 사사로운 욕심을 채우기 위하여 그를 믿고 작위와 성주라는 직위를 주었음에도 불구하고 배은망덕하게 이스턴의 나이젤 후작에게 성문을 열어 그들을 맞아들였다.”

“신의를 배신으로 갚은 자가 어찌 백작의 자리에 있을 수 있으며, 그러한 자가 어찌 병사들과 기사들을 거느릴 수 있다는 말인가? 또한, 한 번 배신한 자는 반드시 배신한다. 자이칸 성은 반드시 신의를 배신한 자에 의해 무너져 내릴 것이다.”

“조금 있으면 자이칸 성의 배후로 30만의 대군이 짓쳐 들어 자이칸 성의 병력은 후퇴조차 할 수 없을 것이다.”

“이미 폴라리스 왕국의 병력 중 일군이 이스턴 왕국의 왕도인 플레모스로 향했다.”

“이스턴 왕국의 왕도로 향하는 일군의 사령관은 폴라리스 왕국의 기사는 투마왕으로 불리는 제이 브레이커 백작이다. 또한 그와 함께 폴라리스 왕국의 마스터이자 나이젤 후작을 마스터로 이끈 레너드 베인 후작 역시 플레모스로 향하고 있다.”

이러한 내용이 나돌기 시작했다.

처음에는 무시했다. 폴라리스 왕국 병력과 맞선 지 불과 7일도 안 되어 나돌던 그러한 소문은 보름째 되자 자이칸 성 전체로 퍼져 나갔고, 이제 와서는 이스턴 왕국의 병사나 혹은 기사들까지 부화뇌동하는 사태까지 벌어지고 있었다.

"도대체 어찌 이런 일이!"

그 소문을 처음 접한 나크마노프 백작은 말도 안 된다면서 펄쩍 뛰면서 분통을 터뜨렸다. 다른 것은 자신과 전혀 상관없는 이스턴이나 혹은 하루하루 이동해 압박을 가해오는 폴라리스 왕국의 병력 사항 혹은 이스턴의 국왕을 깔아뭉개는 소문이었기 때문이다.

하지만 그 괴이한 소문 중에서 자신과 관여된 소문에 대해서는 지극히 날카롭게 대했다. 그렇지 않아도 성 자체를 홀라당 가져다 바친 자신을 결코 좋게 보지 않는 기사들과 귀족들이었다.

그런데 그러한 자신에 대한 소문이 더욱더 안 좋게 퍼지니 당연히 신경이 곤두설 수밖에 없었다. 기실 나이젤 후작과 카리코프 백작이 은연중에 대화하는 것이 마치 자신에게 무엇을 더 숨기지 않고 있느냐 하는 무언의 압박처럼 다가오는 나크마노프 백작이었다.

그에 나크마노프 백작은 그 자리를 견디지 못하고 몸을 돌려 자신에게 할당된 집무실로 돌아와 버렸다.

"이것은 적들의 농간입니다."

"한데 말이지. 그 농간이 너무 교묘해서 자연스럽게 본 작이 경계의 대상이 되어버렸어. 불과 보름 만에 말이지. 농간이고 자시고를 떠나서 살아야 할 길을 찾아야 하지 않겠는가?"

나크마노프 백작의 은밀한 말에 그와 함께 여러 귀족들을 꾀여 나이젤 후작에게 돌아서게 한 스티브 위드마크 자작이 입을 다물더니 주변을 둘러보았다.

생김새가 마치 쥐와 같아 목을 움츠리고 주변을 둘러보는 폼이 영락없는 쥐와 같았다. 그러한 모습에 나크마노프 백작은 속으로 혀를 찼지만 임기응변에 능하고 달변가인 위드마크 자작이 절대적으로 필요한 시점이기에 겉으로 표정을 드러내지 않았다.

그러한 나크마노프 백작의 속을 아는지 모르는지 위드마크 자작은 여전히 목을 움츠려 주변을 둘러보더니 나크마노프 백작을 향해 나지막하게 말문을 열었다.

"어쩔 수 없이 다시 폴라리스 왕국으로 귀의해야 하지 않겠습니까?"

"무엇이?"

"쉬이잇!"

위드마크 자작의 말에 대경한 나크마노프 백작이 큰 소리를 내자 자신의 입을 검지로 가져다 대며 소리를 죽이라는 시늉을 해 보이는 위드마크 자작이었다. 그제야 주변을 한번 둘러본 나크마노프 백작이 놀람에 일으켰던 몸을 의자에 묻었다.

"가능성이 있겠는가?"

"거짓 투항을 했다고 하면 되지 않겠습니까?"

"거짓 투항?"

"그렇습니다."

"믿어줄까?"

나크마노프 백작의 의심스러운 물음에 위드마크 자작의 삐죽 튀어나온 입술이 가늘게 선을 그렸다.

"예물이 있어야 하지 않겠습니까?"

"예물이라… 어떤?"

여전히 의혹에 찬 목소리로 위드마크 자작에게 의문의 시선을 보내는 나크마노프 백작이었다.

"작전이라든지 병력의 배치 상황이라든지 혹은 누군가의 중요한 목이 필요하지 않겠습니까?"

"가능하겠는가?"

위드마크 자작의 상당히 가능성이 있다고 생각한 나크마노프 백작의 음성이 낮아지면서 은밀하게 위드마크 자작에게 물어갔다. 위드마크 자작은 그럴 줄 알았다는 듯이 미세하게 고개를 끄덕였다.

"작전이라든가 병력의 배치 상황 등은 백작 각하의 역할이

중요하겠으나 아무래도 지금 상황을 보아서는 작전회의에서
열외될 가능성이 큽니다. 그렇다면 남은 것은 역시 누군가의
목입니다."

　"누군가의 목이라……."

　나크마노프 백작은 책상을 손가락으로 두드렸다. 누군가
의 목이라 해도 그저 그런 자의 목은 분명 아니다. 성의를 보
인다 함은 혹은 거짓 투항이라는 자신들의 항변을 인지시키
려 하면 그만큼의 무게가 있는 자의 목이어야 할 것이었다.

　때문에 나크마노프 백작의 생각은 깊어질 수밖에 없었다.
누구도 모르게 목을 거두어야만 했다. 그리고 또 하나 감안해
야 할 점은 목을 가져간다 하여도 자신들을 받아들여 줄지가
문제였다.

　그렇다면 무겁지도 가볍지도 않은 직위여야만 했다. 귀족
이어야 할 것이고 말이다.

　"성문의 경비대장 정도면 어떠한가?"

　"사성문의 경비대장의 작위가 남작이고, 거느린 수가 일천
에 이르니 충분히 가능하다 봅니다. 다만, 너무 가볍지 않게
적절한 군사적인 문서가 필요하지 않을까 합니다."

　"좋군. 하면 그 방법으로는 말이지……."

　그렇게 목숨을 구하기 위한 음모가 진행 되는 순간, 나이젤
후작과 카리코프 백작 그리고 종군 마법사 단장으로 있는 니

콜라이 백작은 심각한 표정으로 삼자대면을 하고 있었다.

"아무래도 소문이 아닌 사실일 가능성이 높습니다."

종군 마법사 단장과 함께 실질적인 군사의 역할을 담당하고 있는 니콜라이 백작의 말에 나이젤 후작과 카리코프 백작의 안색이 딱딱하게 굳어졌다.

"하아~ 사실에 근거한 소문이라……."

나이젤 백작은 이해할 수 없었다. 소문이란 대체로 심리전의 일환이다. 적의 사기를 떨어뜨리기 위한 혹은 적을 혼란스럽게 할 목적으로 사용되는 심리전 말이다.

하지만 그 대부분의 심리전에 사용되는 소문이란 가능성은 있으나 필연적으로 불가능한 것에 대한 것으로 그 90%를 채우는 것이라 할 수 있었다. 하지만 냉철하기까지 한 니콜라이 백작이 사실일 가능성이 높다고 한다면 그것은 거의 90%에 가까운 진실이라고 봐야 할 것이었다.

그렇다면 이미 그것은 소문을 넘어선 정보의 수준으로 보아야 할 것이었다. 그런데 그 정보가 상부만 혹은 지휘부만 아는 정보가 아니라 말단의 병사들까지 모두 알고 있다는 것이 문제였다.

"하면, 나크마노프 백작에 관한 것 역시 진실에 가깝겠구려."

"한 번 배신한 자는 또다시 배신하게 되어 있습니다. 왜냐하면 배신함으로써 얻어지는 상황이 그러기 전의 상황보다 훨씬 더 감미롭기 때문입니다.”

“습관성이 된다는 말인가?”

“나크마노프 백작의 경우 자신의 사적인 이익을 위하여 배신하였습니다. 하면 시중에 나도는 소문이 결코 삿된 소문은 아니라는 것입니다.”

니콜라이 백작의 말에 침음성을 삼키고야 마는 나이젤 후작이었다. 눈가림일 것이라 생각했지만 대체 어떤 것이 눈가림인지 알 수가 없었다. 모든 것이 진짜였다.

공성을 위해 토성을 쌓는 것도 진짜였고, 나크마노프 백작이 배신할 가능성이 있다는 것도 진짜였으며, 정보국 총동원하여 알아본 투마왕과 폴라리스 왕국 왕비의 행보 역시 진짜였다.

물론 그들이 어디에서 어떻게 움직이는 것은 정확하게 알 수 없었으나 그들이 남긴 흔적은 남아 있었기에 그 흔적을 따라가는 모양새가 소문과 전혀 다르지 않았음에 그마저도 진짜로 여기게 되었다.

무엇이 눈가림이고 무엇이 진짜인지 혼란스러웠다.

“어찌하면 좋겠나.”

“소문이 사실이라 생각하고 준비를 해야 하지 않겠습니까? 소문이 진실로 드러난다면 머지않아 폴라리스 왕국군의 대대적인 공격이 있을 것입니다. 그것도 국왕과 왕비가 서로 공조해서 말입니다.”

“나크마로프 백작은?”

“아직 그것은 예측일 뿐입니다. 하나, 분명한 것은 사적인 연유로 투항해 왔기에 다시 배신할 가능성이 큽니다. 해서 그를 작전회의나 군을 움직이는 중요 부서에서 배제해야 한다고 생각합니다.”

니콜라이 백작이 하는 말은 최선이었다. 그 이상의 전략이나 작전이 나올 수 없었다. 안개와 같은 적의 작전이기에 어쩔 수 없이 택해야만 하는 작전이었다.

“그렇게 하도록 하지.”

기어코 나이젤 후작의 입에서 작전을 승인하는 말이 떨어졌다. 나이젤 후작은 니콜라이 백작의 말이 옳다고 생각했다. 지금 현재 자신들이 할 수 있는 최선의 방책이 바로 이것이었다.

원군이 올 때까지 버티는 것이다. 40만이라는 대병이 있음에도 불구하고 왜 나아가 싸우지 않느냐 하면 나이젤 후작은 자신있게 말을 할 수 있었다.

“나를 마스터로 이끈 베인 후작보다도, 제국 시절부터 제국의 검으로 이름이 높은 구데리안 공작보다도 더 무서운 자를 꼽으라면 나는 서슴없이 현 폴라리스 왕국의 국왕을 꼽겠다.”

만약 나이젤 후작의 말을 이해 못하고 왜 그러하냐고 묻는다면 나이젤 후작은 또다시 말할 것이었다.

"북부의 변방에서 왕국을 일으켰고, 그 무섭다는 바이큰족을 이겨냈으며, 세 명의 마스터를 휘하에 두었으며, 7서클의 마스터를 휘하로 둘 수 있는 폴라리스 왕국의 국왕이 왜 무섭지 않은가. 그가 단순히 운이 좋아서 국왕에 오르고 이스턴 왕국과 히르센 왕국을 동시에 상대할 만큼의 전력을 키웠다고 생각하는가? 그가 왜 기사 중의 기사라 불리는 나이트 킹인지 진정 몰라서 묻는 것인가?"

그리고 마지막으로 그들에 말을 할 것이다.

"폴라리스 왕국의 국왕은 기사 중의 기사라고 불리는 이유는 그가 마스터 중의 마스터이기 때문이다. 도대체 왜 그대들은 그것을 잊어먹는 것인가? 도대체 왜 그대들은 그가 마스터 중의 마스터라는 것을 인정하지 못하는가."

기사 중의 기사인 나이트 킹이자 마스터 중의 마스터인 자.

그러한 자가 바로 폴라리스 왕국의 국왕이었다. 다른 이들은 애써 외면하고 있겠으나 나이젤 후작은 절대 외면하지 않았다. 그래서 그는 폴라리스 왕국의 국왕이 무섭다.

숨도 못 쉬고 제대로 전투조차 해보지 못하고 이스턴 왕국이 통째로 폴라리스 왕국에 넘어가는 것이 말이다. 그래서 견고하고 성을 차지하고 버티고 있는 것이었다.

　다행히 부사령관인 카리코프 백작과 종군 마법사 단장이
자 군사장인 니콜라이 백작은 그러한 나이젤 후작을 믿고 따
라줬다. 그것이 옳다는 것을 알기에 말이다.
　또한, 본국에서 지원군이 올 것이라는 희망을 가지고 있기
에 버티고 있는 것이었다. 그러한 믿음의 바탕에는 나이젤 후
작이 이스턴 왕국의 유일한 마스터라는 것도 작용하였다.
　전란의 시대에 마스터는 그만큼 중요한 위치를 차지하고
있음이 분명하기 때문에 어떻게 해서든지 살려야 하고, 또한
후진을 양성해야만 했다. 그러하니 당연히 원군을 보내주지
않을 수 없을 것이다.

　음모가 중첩하고 배신이 배신을 부르는 그 순간 베르누크
는 차근히 자이칸 성을 공략할 시점을 잡고 있었다. 소문을
사실로 만들어야만 했다. 그러한 와중에 카림이 아주 중요한
정보를 가지고 왔다.
　배신했던 나크마노프 백작의 사람이 은밀하게 접촉을 시
도해 왔고, 그러한 접촉에 카림이 민활하게 움직이면서 결국
사성문 중 북문을 담당하는 경비 대장의 목과 북문의 병력 현
황을 손에 넣게 된 것이었다.
　그리고 그들에게 배신에 책임을 물어 모월 모일 모시에 지
금 대치하고 있는 폴라리스 왕국의 병사들이 있는 곳이 아닌

그 정반대에 있는 성문을 점령하여 활짝 열어두라는 명을 내렸다.

그에 나크마노프 백작의 사람은 그것이 배신에 대한 모든 죄를 사한 것임을 지레짐작하여 희희낙락하며 반드시 그 계획을 성공해 보이겠다하며 다시 자이칸 성으로 돌아갔다.

그리고 모월 모일 모시가 가까워진 시각.

베르누크는 완성된 토성에 병력을 배치시켰고, 사방에서 쏟아지는 마법과 화살을 방어하기 위한 장비와 마법사를 배치시켰다. 공성장비가 배치되고, 궁병이 화살을 날카롭게 벼려 돌격하는 보병을 엄호할 준비를 시켰다.

둥! 두웅! 두웅!

뿌우웅! 뿌우우~!

전고가 둔중한 소리를 내며 혈류를 빠르게 돌게 하고, 뿔나팔이 크게 울어 전투의 날카로움에 잠식되어 가는 두 눈을 깨우게 했다. 그러한 평소와는 전혀 다른 폴라리스 왕국군의 모습에 든든한 자이칸 성 내에서 수비에 열중하던 이스턴 왕국의 병사들 역시 방어를 위하여 모든 준비를 갖춘 채 긴장한 모습으로 빠르게 진형을 갖추어 가는 폴라리스 왕국군을 바라보았다.

그때를 같이하여 베르누크는 말을 몰아 앞으로 나서 자이칸 성을 향해 커다랗게 외쳤다. 그 소리가 어찌나 크던지 성

안에서 그 외침을 듣는 귀족들 이하 병사들까지 다리를 덜덜 떨 정도였다.

"…해서 짐은 신의를 배신으로 갚는 이스턴 왕국을 징치코 자 이 자리에 섰다. 하나, 만약 그 가진 바 죄를 깨닫고 항복 을 청한다면 받아들일 용의가 있음이다. 그 죄는 그대들에게 있는 것이 아닌 이스턴의 국왕에게 있기 때문이다."

마지막 말을 내뱉은 베르누크는 30미터 높이의 자이칸 성 을 바라보았다. 그에 나이젤 후작이 앞으로 나서 외쳤다.

"잘 들었소. 하나, 군신의 관계란 그리 가벼운 것이 아님에 명을 따라야 할 입장이니 더할 말이 없다면 피의 수레를 굴려 보는 것이 어떻소."

협상은 결렬되었다. 아니, 협상이 아니라 이것은 베르누크 가 보일 수 있는 최후의 아량일 것이었다. 나이셀 후작의 말 에 베르누크는 말의 옆구리에 있던 장창을 들어 거침없이 자 아칸 성의 성벽을 향해 던졌다.

퀘에에엑!

그것이 신호였을까?

폴라리스 왕국군의 베르누크의 장창이 날아감과 동시에 공성병기를 사용하여 바위덩이를 날리기 시작했고, 하늘이 새까맣게 뒤덮을 정도의 화살을 쏘아 올렸으며, 숨이 턱턱 막 힐 정도의 마법을 난사하기 시작했다.

비단 폴라리스 왕국의 진영만이 아니었다. 이스턴 왕국의 병사들 역시 공성 병기를 사용하고, 화살을 날리고 순차적으로 마법을 난사했다. 하늘에서 서로 부딪혀 가루가 되는 바위 덩어리가 우수수 소리를 내며 진격하는 폴라리스 왕국군의 머리 위로 떨어져 내렸다.

하나, 마법 방어와 마치 거북이 등껍질처럼 파비스로 전면과 상단을 막아 한 걸음 한 걸음 전진해 들어가는 폴라리스 왕국 병사들의 진군은 막을 수 없었다.

"쏴라! 지체하지 마라!"

"빨리! 빨리 로프를 감아라!"

"마나가 바닥이 날 때까지 난사하라!"

성벽에 다닥다닥 붙어 있는 병사들은 어찌할 방법이 없었다. 하나, 원거리 공격을 맡고 있는 궁병과 공성병과의 병사들 그리고 마법사들은 사력을 다하여 폴라리스 왕국군의 화살과 바위덩어리 그리고 마법을 막거나 회피를 하면서 공격의 날을 세웠다.

성안은 이미 끊임없이 날아오는 마법과 바위덩어리로 인해 곳곳이 무너지고 깨져 나갔으며, 간혹은 엄폐를 잘못한 이들이 마법과 바위덩어리에 직격하여 비명조차 지르지 못하고 나가떨어지고 있었다.

"준비! 준비하라!"

"끓는 물을 준비하라!"

"불을 붙일 통나무는 어디 있는가?"

"움직여라! 움직여! 살고자 한다면 움직여라!"

지금까지와는 전혀 다른 폴라리스 왕국 병력의 공격에 차분하지만 격정적으로 외치고 있는 귀족들과 기사들이었다. 기사들은 만일을 대비하여 각 성문에 포진하였고, 중요 거점에 자리를 잡아 열 혹은 오십 단위로 나뉘어져 병사를 독려하고 있었다.

콰아아앙!

콰가가강!

그 와중에도 폴라리스 왕국군의 마법과 바위덩어리는 자이칸 성의 성벽을 두드리고 있었다. 마치 한 번으로 안 되면 두 번을, 두 번으로 안 되면 세 번으로 계속 부딪혀 박살을 내고야 말겠다는 듯이 말이다.

쿠릉! 쿠르르릉! 콰드드드득!

그때 자이칸 성의 성벽 중 폴라리스 왕국군의 마법과 바위덩어리가 집중된 곳에 금이 가기 시작하고 조금씩 흔들리는가 싶더니 이내 성벽을 이루는 구조물이 깨어져 나가기 시작했다.

그들은 그저 그것이 폴라리스 왕국군의 집중된 공격으로 인한 것처럼 보였다. 하지만 집중된 성벽만이라면 모르겠으나 그 집중된 성벽은 그 뿌리서부터 흔들리기 시작하더니 종내에는 좌우로 10미터에 이르는 폭으로 성벽이 와르르르 무너지기 시작했다.

"막아! 막으란 말이다!"

"방패병! 방패병 앞으로!"

방패병이 득달같이 뻥 뚫려 버린 성벽 쪽으로 밀려갔고, 그 뒤를 따라 장창병이 따랐으며, 그 뒤로는 기사들이 따라 들어갔다. 물론 종군 마법사들 역시 뚫려 버린 성벽 쪽으로 몰려 방비를 철저하게 하였다.

성벽이 무너졌다 해서 진격이 쉬운 것은 아니다. 불규칙하게 무너진 성벽과 사람 몸통보다 커다란 바위덩어리가 쌓여 오히려 진격을 더욱더 어렵게 만들 수도 있었다.

그 모습을 지켜보고 있던 베르누크가 말의 배를 차 달려 나가기 시작했다. 그와 함께 베르누크를 지근거리에서 수행하는 호위 기사 다섯 명이 함께 말을 달렸다.

베르누크와 다섯 명의 호위 기사의 모습은 자이칸 성에서도 확연하게 확인할 수 있었다. 수많은 화살과 마법 혹은 바위덩어리가 쏟아지고 있음에도 불구하고 그것을 전혀 아랑곳하지 않고 가장 선두에 서서 자이칸 성을 향하여 일직선으로 쇄도해 들어가니 확인하지 않으려야 않을 수 없었다.

거기에 베르누크의 바로 뒤에는 바티스타 백작이 커다란

폴라리스 왕국의 인장기를 들고 있으니 더욱더 확연하게 눈에 띄는 베르누크와 호위 기사 다섯 명이었다.

"미첼, 저 무식한 폴라리스 왕국의 국왕의 머리 위에 아주 지독히도 큰 거 한 발 부탁하네."

폴라리스 왕국의 인장기를 펄럭이며 날아오는 화살과 바위덩어리를 쳐내며 빠르게 쇄도해 들어오고 있는 베르누크를 가리키며 비릿한 음성으로 내뱉는 이스턴 왕국의 종군 마법사였다.

정말 딱 먹기 좋은 먹이였다. 인원도 다섯 명이고, 마법사와 같은 방어 병력도 보이지 않았다. 거기에 폴라리스 왕국의 인장기까지 들고 있으니 당연한 것일 게다.

그에 명령을 내린 종군 마법사의 명령을 받은 마법사 주문 영창을 끝내고는 화염이 일렁이는 기운을 손에 가득 품은 채 잔인한 미소를 입가에 드리우며 명령을 내린 마법사에게 답했다.

"나는 잘난 체하는 놈들이 싫더라고. 특히나 마법을 무시는 저 무식한 놈은 정말 마음에 안 들어."

"크크큭."

그 말에 동조하는 마법사는 비단 한 명뿐만 아니었다. 서너 명의 마법사가 잔인한 미소를 입가에 드리운 마법사에 동조하며 그 마법사와 같은 주문을 영창하였다. 그리고 드리워지는 섬뜩한 미소.

"멍청한 놈. 죽여 달라고 목을 내미는구나. 파이어 볼!"

"저놈 폴라리스 왕국의 국왕 아니던가? 파이어 보오올!"

모두 네 발의 파이어 볼이 베르누크와 그를 따르는 다섯 명의 호위 기사들을 향해 쇄도해 들었다. 그들의 파이어 볼을 막아줄 이는 없었다. 베르누크의 곁에 있어야 할 마법사는 전장을 지원하기 위해 이미 베르누크의 명령하에 자리를 이탈하고 없었으니 말이다.

그들의 양손을 휩싸는 화염의 기운은 일반 파이어 볼의 기운이 아니었다. 적어도 본래의 서클에 해당하는 마법사보다 더 높은 마법사들이 만들어낸 불덩어리가 틀림없었다.

"연속해서 다서 발까지 쏟아붓고 물러난다!"

다섯 명이 한 개 조를 이루는 종군 마법사 조장의 말이 떨어지자 마법사들은 가장 파괴력이 강하면서도 마나의 소모가 적은 파이어 볼을 연속해서 주문 영창하기 시작했다.

그러한 그들이 최초 쏘아낸 이글거리는 파이어 볼은 이미 베르누크와 다섯 명의 호위기사의 지근거리까지 도달하여 일직선으로 내리꽂히고 있었다.

그 모습을 보았음에도 불구하고 베르누크를 호위하는 다섯 명의 호위 기사는 그저 인장기와 군 사령관 기 혹은 군단기 등을 들고서 여전히 무표정하게 베르누크의 뒤를 따랐다.

그에 베르누크를 따라 용기백배하여 거침없이 자이칸 성
으로 쇄도하던 일부 병사들은 기겁하며 외쳤다.

"피, 피하시옵소서!"

"국왕 폐하!"

그들의 절박한 외침에도 불구하고 베르누크는 피하려 하
지 않고 오히려 자신의 애병인 할버드를 단단히 틀어쥐었다.
작은 태양과도 같은 파이어 볼이 베르누크의 몸통을 집어삼
킬 듯이 쇄도하여 그 지독한 열기를 날름거리는 순간이었다.

"하압!"

크지도 않은 아주 짧게 끊은 기합 소리와 함께 베르누크의
할버드가 움직였다. 유려하게 휘둘러지는 베르누크의 할버
드는 잔상을 남기며 다가오는 파이어 볼을 향했다.

쿠우~ 콰가가강!

다섯 개의 파이어 볼이 갈라졌다. 분명 무언가 거대한 것이
부서지는 듯한 무지막지한 굉음을 내며 쪼개지고 갈라진 파
이어 볼은 사방으로 불줄기는 내뿜더니 이내 더운 여름날의
꿈처럼 사라져 버렸다.

"아!"

쪼개지고 갈라지며 사방으로 퍼져나가 종내에는 사그라져
버린 파이어 볼을 본 병사들은 입을 떡 벌어져 경탄할 수밖에
없었다.

“이것도 마법이라고.”

그저 무덤덤하게 말을 내뱉어 버리는 베르누크는 파도처럼 이어져 쇄도해 들어오는 파이어 볼을 마치 어린아이 손목 비트는 것처럼 간단하게 소멸시키고 있었다.

“우와아아아!”

“돌격! 돌격하라!”

“국왕 폐하 만세!”

폴라리스 왕국의 병사들은 커다란 함성을 질렀다. 마법 따위는 그냥 한 칼에 베어버릴 정도이니 그나마 조금 남아 있던 마법에 대한 두려움을 떨쳐내고 튼튼한 두 다리에 힘을 주고 함성과 함께 무너진 성벽을 향해 내달렸다.

하지만 그 모습을 바라보는 이스턴 왕국의 마법사들은 벌어진 입을 다물지 못하고 믿을 수 없다는 말만 연발하고 있었다. 마법을 캐스팅하고 있었음에도 불구하고 그것마저 잊어버릴 정도로 말이다.

“저, 저게 말이 되는가?”

“마, 마스터?”

“비, 빌어먹을 다시. 다시 시작한다. 마스터라 해도 물량에는 별수 없을 것이다. 저놈은 하나다. 알겠는가?”

마법사들이 입을 벌리는 이유는 다름이 아니라 마법을 갈라 버렸다는 데에 있었다. 마스터라 불리는 존재는 마법을 파

훼할 수 있다는 이야기는 들었지만 그것을 실제 보기는 처음이었으니 당황하는 것은 당연했다.

"응? 저, 저건 뭐지?"

그때 캐스팅을 준비하던 한 마법사가 손가락으로 베르누크를 향했다. 그에 다섯 명의 마법사는 그 손가락 끝을 바라보았다. 그 손가락의 끝에는 백염으로 불타오르는 무언가가 초승달처럼 휘어서 마법사가 있는 곳으로 쇄도해 오고 있었다.

"세, 세상에!"

"피, 피해!"

"시, 실드!"

콰가가강!

"으아아악!"

"허어억!"

실드가 산산조각이 나고 마법사들을 보호하던 기사들이 갈갈이 찢어져 사방으로 튕겨져 나갔다. 기사들이 그러하니 기사들의 앞을 방어하고 있던 병사들은 어찌하겠는가.

"쿨럭. 마, 말도 안 되는……."

와르르르.

빽빽하게 구성되어 있던 인의 장벽이 뻥 뚫려 버렸다. 그와 함께 그 초승달 모양의 백염이 직격한 성벽은 돌이 조각조각나며 파이어 볼 수십 수백 발은 맞은 듯이 터져 나가 무너지기 시작한 것이었다.

드드드득!

그리고 또다시 성벽이 흔들리기 시작했다. 벌써 한 곳의 성벽이 허물어지고 이제는 그와는 조금 떨어져 있지만 새로운 성벽이 흔들리고 있는 것이었다. 이상한 것은 흔들리는 성벽과는 상관없이 다른 곳은 전혀 흔들리지 않는다는 것이었다.

쿠르르룽!

흔들리던 성벽이 기어코는 무너져 내리기 시작했다. 그것을 바라보던 나이젤 후작은 어처구니없다는 듯이 입만 벙긋거리고 있을 뿐이었다.

'도대체 뭐지? 분명 마법은 아니거늘.'

의문이 들었다. 마법에는 저런 것이 없다. 성벽을 무너뜨리는 마법은 없다. 한데 일정 구간의 성벽만이 무너져 내리고 있었다. 마치 누군가가 일부러 성벽의 돌을 빼내듯이 말이다.

"후, 후작 각하. 크, 큰일 났습니다."

"무슨 일인가?"

두 군데의 성벽이 무너지기는 했으나 여전히 상황은 자이칸 성을 굳건히 지키고 있는 이스턴 왕국군에게 유리하였다. 때문에 긴장을 하고 있으나 절대 패색이 짓지 않는 상황.

그에 다급하게 뛰어와 허옇게 질린 얼굴로 말을 더듬는 카

리코프 백작의 모습에 살포시 인상을 찌푸리며 침착하게 묻
는 나이젤 후작이었다.

"동, 동쪽 성문이 뚫렸습니다."

"뭐라?"

그에 깜짝 놀라 눈빛이 차갑게 변하는 나이젤 후작이었다.
있을 수 없는 일이었다. 서문에 적의 병력이 모두 모여 있다
고는 하나 성을 지키는 네 개의 성문에 병력을 두지 않은 것
은 아니었다.

또한 폴라리스 왕국의 30만의 병력 중 어떠한 이동 병력도
찾을 수 없었다. 그러한데 동문이 뚫린 것이었다.

"어찌……."

"폴라리스 왕국의 왕비가 이끄는 병력 30만이 동문을 급습
했습니다. 서기에……."

"거기에?"

왠지 불안함에 급하게 되묻는 나이젤 후작이었다.

"기어코 나크마노프 백작이 배신을 했습니다. 그가 동문을
열었습니다."

"허어~"

알고 있었음에도 불구하고 당하고야 말았다. 하지만 그에
정신을 놓을 나이젤 후작이 아니었다.

"내성문을 굳건히 하고 2진 병력을 동문으로 돌리며 동문

에서 각 성문으로 향하는 지점을 차단하도록 하시오. 더불어 종군 마법 병단의 일부를 돌려 그들의 추가적인 공격을 막도록 하시오."

"명을 따르옵니다."

아직 승패가 결정 난 것은 아니었다. 이중 삼중의 자이칸 성이고, 외성이 높이만큼이나 내성의 높이 또한 높은 자이칸 성이니 말이다. 그 잠깐의 사이 자이칸 성에는 또 다른 국면을 맞이하고 있었다.

쿵! 쿠웅! 쿵!

"막아! 막아랏!"

"뭐든, 뭐든 가져오라!"

"방패병은 앞으로 정렬하라! 장창병은 창을 내려라!"

성문 앞의 이스턴 병력들은 혹시나 뚫릴지도 모를 성문을 바라보며 불안 마음을 다잡으며 방패와 무기를 꽉 그러잡고 있었다.

쿠웅! 우직!

쿵! 쿵! 쿠웅!

우지직!

불길한 생각은 언제나 정확히 맞아 들어간다는 것을 증명이라도 하듯이 불안하게 바라보던 성문이 점점 균열이 가기 시작하였다. 병력을 지휘하는 기사들도 그러한 지휘관의 명령을 받는 병사들도 마른침을 삼키며 점점 그 균열이 커지는 성문을 바라보았다.

쿠우우웅!

콰지지지직!

"우와아아아!"

"성문이 뚫렸다아~"

"한 번. 한 번 더 간다!"

"집중! 집중하라! 방패병 앞으로! 투척병 앞으로!"

"장창 내려! 장창 내려!"

"방패병 일 보 전진!"

처저저적!

쿠우우웅!

혼란스러운 소리가 늘렸다. 노대체 이것이 폴라리스 왕국군의 목소리인지 아니면 이스턴 왕국군의 외침인지 분간할 길이 없었다. 부서진 성문 사이에서는 악다구니를 쓰는 폴라리스 왕국군의 소리가 들려왔고, 그에 이스턴의 지휘관들은 부서지는 성문을 지키고, 성문이 뚫리지 않으려 안간힘을 쓰는 목소리가 튀어나왔다.

"뚫렸다. 전진! 전진하라!"

"돌격하라!"

"우와아아아~!"

“막아라!”

“버텨라! 버텨!”

이스턴 왕국은 방패병을 내세워 견고한 방어막을 형성하였고, 그 안에서 장창병이 5미터에 이르는 장창을 앞으로 겨누어 폴라리스 왕국군이 성문 안으로 들어오지 못하도록 견제하였다.

쉬시시시싯!

또한 그 사이를 뚫고 양측에서는 화살을 날리고 크로스 보우를 날렸다.

티디디딩! 타다닥!

화살이 튕겨 나가고 볼트가 견고한 방패에 박혀들었다.

“충돌 대비! 충돌 대비!”

쿠우우웅!

“우와아아악!”

장창이 있어도 소용이 없었다. 장창이 드리워진 그 사이사이로 병사들이 비집고 들었고, 기어코는 방패와 방패가 맞부딪히며 한 치의 양보도 없이 힘과 힘이 부딪히며 커다란 굉음을 내었다.

쯔와아악!

“케엑!”

그 순간 갑자기 힘겨루기를 하던 폴라리스 왕국의 병사들이 뒤로 물러나며 일단의 기사들이 앞으로 나왔다. 그러고는 여지없이 검을 들어 장창이든, 방패는, 사람이든 상관없이 그대로 베고 지나갔다.

피분수가 사방으로 뻗어나갔다.

"커어억! 기, 기사다!"

"이, 익스퍼트의 기, 기사다!"

"미, 밀지마! 밀지 말란 말이다!"

"크아아악!"

순식간에 깨어진 성문은 아수라장으로 변해가고 있었다. 그리고 폴라리스 왕국의 말도 안 되는 전술에 의해 이스턴 왕국의 병력은 속수무책으로 죽어나가기 시작했다.

전술적으로 성문을 돌파하는 기사는 가장 선두에 서는 것이 아니라 중간쯤에서 대기힌다. 그리고 성문이 돌피 당히고 장창병과 방패병의 피해가 가속될 때까지 대기한다.

피로 점철되어 선두 병력이 모두 소진되는 그 순간 전투에 투입되는 것이 본래의 전략. 하지만 폴라리스 왕국군을 그런 전략을 사용하지 않았다. 성문이 돌파된 그 순간부터 기사가 가장 선두에 서 상대를 몰아붙이고 있었다.

그것도 마나를 다루지 못하는 수습 기사나 예비 기사가 아닌 마나를 다루는 익스퍼트의 고급 전력이 말이다. 그러하니 이스턴 왕국의 병사들이 죽어나가는 것은 그야말로 순식간이었다.

그리고 가장 선두에 선 기사들이 좁아터진 성문이 아닌 성문 앞의 넓은 공터까지 이스턴 왕국 병사들을 밀어붙였다.

그 뒤를 잇는 마법과 병사들의 공격은 중간에 다리 역할을 하던 상대 기사들이 나설 틈도 주지 않고 완벽하게 성문을 장악 당하고 말았다.

"가, 각하! 외성 서문이 장악 당했습니다."

"무엇이?"

놀라는 나이젤 후작. 그의 얼굴이 일그러졌다. 그 모습을 곁에서 지켜보던 부관은 안색이 창백해졌다. 무언가 위험한 일이 벌어질 것 같다는 생각에서였다.

"병력을 내성으로 물린다."

"하면."

그때 나이젤 후작의 곁을 지키고 있던 종군 마법사 단장인 니콜라이 백작이 해연히 놀라는 얼굴로 물었다.

"또한 니콜라이 백작은 지금 즉시 2단계 작전을 실시하도록 하게."

"명을 따릅니다."

니콜라이 백작이 모습을 감추었다. 나이젤 후작의 지근거리를 지키던 기사들 역시 보이지 않았다. 저 멀리에서는 부관이 나이젤 후작의 명을 전하기 위해 동분서주하고 있었고, 그

명에 따라 축차적으로 후퇴를 하고 있는 병사들이었다.

그리고 어느새 자이칸 성의 외성 벽에는 수십만의 폴라리스 왕국 병사들이 다닥다닥 붙어 성벽을 오르고 있었고, 무너지고 뚫린 성벽과 성문에서는 물밀듯 폴라리스 왕국 병사들이 쏟아져 들어오고 있었다.

잠시간 그러한 모습을 지켜보던 나이젤 후작은 몸을 돌려 내성 쪽으로 걸음을 옮겼다. 그리고 이내 천지를 뒤흔드는 폭음이 들려오기 시작했다.

"크아아악!"

"성벽! 성벽이 무너진다~!"

"으아아악!"

"후퇴! 후퇴하라!"

구콰가가강! 쿠드드드득!

천지간이 진동하였다. 뿌연 먼지가 일어났고, 성벽을 오르던 폴라리스 왕국 병사들의 처절한 소리가 부연 먼지 속에서 메아리처럼 들려오기 시작했다. 그 속에는 미처 피하지 못한 이스턴 왕국의 병사들도 있었다.

"미친! 성벽을 파괴시키다니."

베르누크는 무너지는 성벽을 발로 박차고 허공에 둥실 떠올라 부옇게 피어오르고 있는 돌먼지 속을 망연하게 바라보았다. 설마 자국 병사들의 희생을 각오하고 외성 벽을 폭파

시킬 줄은 예상 못했기 때문이었다.

"그래. 그렇게 나온다 이 말이지?"

베르누크의 얼굴이 딱딱하게 굳어졌다. 그리고 마치 천사가 하늘에서 하강하듯 서서히 계단을 밟고 내려오듯 내려왔다.

"저, 저건 뭐지?"

"뭐가?"

"저, 저기."

이스턴 왕국의 병사 한 명이 허공의 한 점을 가리켰다. 그 병사가 가리킨 지점은 점점 커지며 종내에는 한 사람의 형태를 갖추게 되었다.

"사람이 허공에 떠 있어?"

"플라이 마법인가?"

그는 다름 아닌 베르누크였다. 그리고 그가 확인되었을 때 베르누크의 입에서 천둥과 같은 소리가 들려왔다.

"폴라리스 왕국의 병사들이여! 무엇을 망설이는가. 왕국을 위해서가 아니라 나보다 앞서 적을 향하여 내달리던 전우이자 동료이자 형제가 죽었다. 눈물만 흘리고 있을 것인가? 대 폴라리스 왕국의 병사들이 고작 그것밖에 되지 않는가? 폴라리스 왕국의 병사들이 적이 두려운가?"

"아닙니다아~!"

마치 짜맞춘 듯 우렁찬 목소리가 자이칸 성을 가로질러 메아리쳤다.

"하면 도대체 무엇을 기다리는가? 그대들의 왕이 여기 있다. 그대들이 갚아야 할 동료이자 형제이자 전우의 피값을 받아내기 위해 짐이 여기 있다. 나를 따르겠는가?"

"추웅!"

"추웅!"

들불처럼 퍼져 나가는 폴라리스 왕국 병사들의 외침. 그리고 무너져 내린 성벽을 타고 미친 듯이 물러나고 있는 이스턴 왕국 병사들을 향해 내달리기 시작했다.

"나 기사 중의 기사, 기사들의 왕이 그대들의 가장 앞에서 가장 많은 피를 마시리라."

후와아아앙!

베르누크의 할버드가 대지를 쪼개듯이 위에서 아래로 그어져 내리고 마침내는 할버드의 칼날이 대지를 강타하였다. 그리고 퍼져 나가는 초승달 모양의 백염의 광망.

쩌저저적!

"피, 피해랏!"

"괴, 괴물!"

"마, 막아랏!"

피하거나 막거나 혹은 그 자리에서 얼어붙어 그저 괴물이

라는 똑같은 말만 되풀이하고 있는 이스턴 왕국의 병사들과
귀족들. 하지만 베르누크의 공격은 막는다고 해서 막아지는
것이 아니었다.

백염의 광망이 지나간 곳은 아무것도 남지 않았다. 그냥 그
대로 일직선으로 쓸고 지나가면서 내성의 성벽을 그대로 강
타하며 떨어져 내리는 잔재조차 남기지 않고 깨끗하게 부숴
버렸다.

"폴라리스 왕국의 병사들여! 진겨억! 진격하라!"

"와아아아~!"

"동료의 원수를 갚자!"

"죽여! 죽이란 말이다!"

폴라리스 왕국의 병사들은 미친 듯이 성벽이 사라져 탄탄
대로처럼 뻥 뚫려 버린 성벽을 향해 쇄도해 들어갔다. 자이칸
성의 외성은 이미 폴라리스 왕국 병사로 가득 차 있었으며,
곳곳에서 내성으로 퇴각하지 못한 이스턴의 병사들과 접전을
벌이고 있었다.

"나이젤 후작 어디 있는가? 나 기사의 왕이 여기 있다. 나
서라!"

CHAPTER
03
히르센의 참전

Knight King

베르누크는 광분하고 있었나. 폴라리스 왕국과 이스턴 왕국 사이에 무수히 많은 전사자가 발생했다. 성벽을 오르던 폴라리스 왕국 병사 대부분이 죽었고, 내성으로 후퇴하지 못한 이스턴 병사들은 악에 받힌 폴라리스 왕국 병사들이나 기사들에게 도륙 당하였다.

폴라리스 왕국도 필사적이었지만 그러한 폴라리스 왕국을 막아내고 있는 이스턴 왕국 역시 필사적이었다. 이곳에서 폴라리스 왕국을 잡아두어야만 본국이 대비할 시간을 만들 수 있기 때문이었다.

또한 성이라는 강한 방어막을 가지고 있기에 전투는 쉽게 끝이 나지 않았다. 아침에 시작한 공성이 벌써 밤으로 접어들고 있었으며, 무너진 내성 성벽을 악착같이 막아내고 있는 이스턴이었다.

베르누크의 활약도 활약이었지만 한 손으로 열 손을 막아낼 수는 없는 법이다. 앞뒤로 들이친 상황에서 이스턴보다는 더 나은 상황이었지만 악착같이 방어하는 나이젤 후작의 지휘에 지루하고 잔혹한 공방전만이 계속되었다.

그에 베르누크는 크게 할버드를 휘두르며 모든 시선을 자신에게 모았다. 서쪽에서는 베르누크가 동쪽에서는 테레지아 왕비가. 각각 모든 시선을 모으는 동안 폴라리스 왕국의 병사들은 무너진 성벽 사이로 꾸역꾸역 몰려들어 잠깐의 틈을 더욱더 크게 벌리고 있었다.

그 모습을 바라보는 나이젤 후작은 착잡한 얼굴을 하고 있었다. 은연중에 검을 잡은 손에 힘이 들어갔음은 물론이었다. 하지만 쉽게 나설 수 없는 나이젤 후작이었다.

"참으셔야 합니다."

나이젤 후작의 곁을 지키고 있던 니콜라이 백작에 의해 참을 수밖에 없었다. 니콜라이 백작은 이번 전투의 중요함을 알고 있었으며, 이번 전투를 지휘하는 나이젤 후작의 중요성을 그 누구보다 잘 알고 있었다.

　나이젤 후작은 이스턴 왕국의 유일한 마스터였으니 말이다. 거기에 니콜라이 백작은 기사가 아닌 마법사. 냉철하기 그지없는 상황 판단력이었다. 그에 나이젤 후작은 검의 손잡이를 잡았다 놓았다를 수없이 반복해야만 했다.

　"언제까지, 도대체 언제까지 참아야 하는가?"

　"이 전투에서 패하셔서도 참으셔야 합니다."

　"무엇이?! 그것을 대체 말이라고!"

　니콜라이 백작의 말에 발끈하는 나이젤 후작이었다. 하지만 니콜라이 백작은 거침없었다.

　"저들이 보이지 않으십니까? 저들이 왜 저렇게 싸우는지 보이지 않으십니까? 저들이 누구를 믿고 이렇게 치열하게 싸우고 있는지 아시지 않습니까? 그리고 이스턴 왕국의 입장에서 수십만의 저들보나 더 중요한 위치에 있는 이가 바로 후작 각하이심을 정녕 모르십니까?"

　니콜라이 백작의 냉철한 말에 나이젤 후작의 얼굴이 푸들푸들 떨리고 있었다. 도대체 감당할 수 없는 감정이 물밀듯이 밀려오고 있었다.

　"허어~"

　하지만 이내 검병을 놓고야 말았다. 핏줄이 툭툭 불거질 정도로 힘을 주었던 손아귀에 힘을 풀어버렸고, 허탈한 듯이 60만의 대병을 맞아 치열하게 싸우고 있는 이스턴의 병사들을 바라보았다.

그렇게 모든 것을 포기한 듯하던 나이젤 후작은 이내 다시 검병을 잡아갔다.

"저들이 없으면 아국이 있을 수 있을까? 저렇게 악착같이 싸우도록 한 나는 정작 죽을까 두려워 전장에서 벗어나 싸울까 말까를 고민하고 있다니. 말이 안 되지 않는가?"

"그건……."

말을 잇지 못하는 니콜라이 백작이었다. 나이젤 후작의 성정으로서 참을 리가 없기 때문이었다. 또한 그는 골수까지 기사였기에 비록 마법사이나 그의 그러한 성정을 본받을 만하다 생각할 정도였으니 말해 무엇하겠는가.

"니콜라이 백작은 만약을 대비하게."

"만약을 말입니까?"

"그러하네."

"……."

쿠구구궁!

"와아아아~!"

사방을 채운 공간이 무너지는 듯한 소리와 함께 거대한 요동 소리가 사방으로 퍼져 나가고 있었다.

각기 방향은 다르지만 베르누크와 나이젤 후작은 가장 선두에 서서 호위 기사들의 호위를 받으며, 베르누크는 이스턴 왕국의 병사들과 기사들을, 나이젤 후작은 폴라리스 왕국의 병사들과 기사들을 죽여 나갔다.

"위험합니다, 후작님!"

대열에서 이탈하여 홀로 폴라리스 왕국의 기사들 사이에 있던 나이젤 후작을 따라붙은 기사가 몸을 날리며 외쳤다. 어느 틈엔가 죽은 시체 속에서 숨어 기회를 보던 기사의 검이 나이젤 후작을 향해 쇄도하고 있었던 것이다.

써걱!

하지만 그러한 얕은 수에 몸에 생채기를 낼 나이젤 후작이 아니었다. 조금도 동요하지 않은 모습으로, 나이젤 후작은 언제 검을 돌렸는지 모를 정도로 빠르게 시체로 위장한 기사의 목을 베어내고 검을 한 번 휘둘러 피를 털어내고 있었다.

기사들이 한숨을 내쉬는 그 사이 나이젤 후작은 무거운 표정으로 전방을 바라보고 있었다. 그에 기사들 역시 나이젤 후작이 향하는 곳으로 시선이 돌아가고 있었다.

그들의 시선이 머무는 곳에서는 마치 바다가 갈라지듯 좌우로 쫘악 갈라지며 한 명의 사내와 그를 따르는 호위 기사 세 명이 빠르게 다가오고 있었다.

"올 것이 오는군."

무척이나 담담하게 내뱉어지는 나이젤 후작의 목소리였

다. 그에 기사들 역시 그것을 예상이나 했음인지 피에 절은
검병을 굳게 잡아가며 팔에 힘을 주었다.

쿠화아악!

"꺼어억!"

"사, 살려~"

후두두둑!

눈부신 섬광이 터지면서 나이젤 후작을 겹겹이 싸고 있던
병사들의 자욱한 먼지와 함께 피와 살이 터져 나가며 하늘에
서 비가 오듯 떨어져 내렸다. 그리고 그 먼지가 가라앉았을
때에는 마치 천신처럼 버티고 서 있는 베르누크의 모습이 나
이젤 후작의 눈동자를 가득 매웠다.

하루 종일 피에 절어 싸웠음에도 불구하고 베르누크의 얼
굴은 피곤한 기색이 보이지 않았다. 아니, 오히려 주변을 장
악하는 위압감이 더욱더 강해진 듯 보였다.

일국의 국왕답지 않게 온몸에 피칠을 하고 덕지덕지 붙은
살점을 마치 지옥의 마신처럼 보였다. 과거 나이트 킹이라 알
려지기 전 불렸던 악마왕이라는 모습을 그대로 보여주는 듯
하였다.

"오랜만이로군."

전장의 상황과 전혀 어울리지 않은 묵직한 목소리가 베르
누크의 입에서 흘러나왔다. 그에 나이젤 후작 역시 이 처절한

상황과 전혀 다른 베르누크의 음성에 피식 웃으며 응수했다.

"나이트 킹이 왜 나이트 킹인지 이제야 알았사옵니다."

나이젤 후작은 여전히 베르누크를 타국의 국왕으로 대하고 있었다. 그것은 이미 평정을 되찾았다는 것을 의미함이었다.

"어찌 그리 감쪽같이 감추고 계셨사옵니까?"

"짐이 감추고자 해서 감춘 것이 아님을 후작도 알지 않는가? 믿지 않음을 내 어쩌란 말인가?"

"하긴……."

침묵이 감돌았다.

"항복한다면 살려줄 수도 있네만."

베르누크의 말에 주변을 쓰윽 돌려보는 나이젤 후작이었다. 이미 균형이 무너지고 있었다. 폴라리스 왕국의 병사들이 많이 줄었다고는 하지만 여전히 이스턴 왕국의 병사들보다 많은 이가 살아남았고, 이미 외성으로부터 내성으로 물밀듯이 쏟아져 들어오고 있었다.

"설마 폴라리스 왕국에서는 주군을 섬기는 기사가 패색이 짙다 하여 그 목숨을 구걸하기라도 하옵니까?"

나이젤 후작의 말에 볼을 씰룩인 베르누크는 이내 고개를 끄덕였다.

"딴은 그렇군. 준비하게. 기사로서 할버드로만 후작을 상대하지.”

베르누크의 말에 나이젤 후작은 약간 궁금한 듯한 표정을 지었다.

“마지막으로 성벽을 무너뜨린 수법. 마법이었사옵니까?”

진정으로 궁금하다는 듯한 표정으로 물은 나이젤 후작이었다. 그에 잠시 말없이 나이젤 후작을 바라보던 베르누크가 입을 열었다.

“정령이네.”

“정령……”

끄덕.

나이젤 후작의 혼잣말처럼 되뇌는 독백에 고개를 작게 끄덕이는 베르누크였다. 그에 나이젤 후작의 얼굴은 평온해졌다. 놀람이 과해 오히려 평온해지고 있었다.

“전설을 보게 되어 영광이옵니다.”

척!

“오게!”

베르누크는 가타부타 말이 없이 할버드의 끝을 대지에 대고 몸을 비스듬히 돌려 세운 후 나이젤 후작을 바라보았다. 그에 나이젤 후작 역시 검과 방패를 고쳐 잡았다.

나이젤 후작은 본능적으로 느낄 수 있었다. 이곳에서 살아남을 수 없음을 말이다. 자신의 뒤에서 자신을 호위하고 있는 기사들 역시 말이다. 자신은 그나마 빠르게 냉정을 찾고 있었으나 베르누크의 말을 들은 기사들은 아직도 흥분하고 있다는 것을 모를 리 없었다.

스팟!

생각을 마친 나이젤 후작이 움직였다. 그것이 시작이었다. 베르누크와 나이젤 후작. 베르누크를 호위하는 호위기사 세 명과 20명에 이르는 나이젤 후작의 호위 기사들이 부딪혀 나가는 것은 말이다.

수십만의 병력이 부딪히는 것은 아니었으나 그 단 몇 십 명이 부딪혀 나가는 것이 오히려 더 흉험하게 느껴지고 있었다. 기세와 기세가 맞붙고, 대기의 마나가 충돌하며 거침없는 굉음이 쏟아져 내렸다.

"후욱!"

짧게 내뱉은 나이젤 후작의 숨에 뜨거운 심정의 열기가 느껴졌다.

콰차장.

마스터끼리의 대결은 그야말로 흉험하기 그지없었다. 병사들은 고사하고 마나를 다루는 기사들마저 그 둘이 펼치는 대결의 여파에 생사가 오가는 전투의 와중에도 급급하게 몸을 피하기에 이르렀다.

폭발적인 마나의 충돌도 어떠한 기교도 없었다. 마스터에 이름에 이미 그 둘은 오러 블레이드를 시전하는 것은 힘의 낭비라는 것을 알고 있었음이다. 그러한 마나가 있으면 몸에 둘러 신체의 활동을 극대화하는 것이 오히려 더 낫다는 것을 알고 있음이었다.

하지만 그 둘의 대결은 그 어느 마스터의 대결보다 흉험하였다. 단지 그 둘이 내뿜는 기세만으로도 말이다. 덕분에 병사들과 기사들은 그 흉험한 결전을 선명하게 바라볼 수 있었다.

힘과 힘.

기교와 기교가 부딪혀 갔다.

쾅! 쾅! 차르르륵!

병기가 부딪힐 때마다 불똥이 튀었다. 방패로 막고, 할버드에 연결된 도끼날로 검을 걸어 남기고, 도끼날과 검날이 부딪히며 기이한 소음을 냈다.

가가가각!

"크읍!"

나이젤 후작의 입에서 된 소리가 흘러나왔다. 힘에서 밀리고 있는 것이었다. 베르누크는 두 손으로 할버드를 내리는 것도 아니고 단지 한 손으로 할버드를 다루고 있었다.

지금까지 그러했다. 그에 나이젤 후작의 얼굴은 푸들 떨리며 치욕스러운 얼굴을 하고야 말았다. 흔들리는 그 모습에 베르누크의 음성이 나직하게 흘러들었다.

"베인 후작이 마스터에 오른 것은 짐에 의해서이네. 또한 브레이커 백작을 처음부터 시작하여 마스터에 오르게 한 것 역시 짐이고 말이네."

챠아아앙!

길고 긴 울음이 일어나며 나이젤 후작이 신형을 훌쩍 날려 베르누크의 공격 범위를 벗어났다. 그의 표정은 수치와 치욕에서 벗어나고 있었다. 그리고 여태껏 검과 방패에 드러나지 않던 오러 블레이드가 선명하게 드러나기 시작했다.

"이 한 수에 모든 것을 걸겠사옵니다. 그리고 영광이었사옵니다."

나이젤 후작은 최후를 직감했다. 이 전투는 이스턴이 패할 것이며, 자신은 결코 살아남을 수 없음을 말이다. 아니 폴리리스의 국왕은 자신을 죽일 생각이 없으나 자신 스스로가 죽음을 각오하고 있음을 말이다.

"안타깝군. 그럼 잘 가시게."

마지막에 경칭을 사용하는 베르누크였다. 나이젤 후작이 최후를 직감함에 그에 걸맞은 대우를 할 필요가 있음을 느낀 베르누크는 경칭과 함께 지금껏 한 손으로 다루던 할버드를 두 손으로 잡았다.

"야하앗!"

커다란 기합과 함께 나이젤 후작이 베르누크를 향해 빗살보다 빠르게 쇄도해 들어왔다. 그와 함께 검과 방패는 마치 애초 수십 개나 된 듯이 실체화되어 베르누크의 전신을 향했다.

베르누크 역시 이 모든 것이 환상이 아닌 실체화된 궁극의 기술이라는 것을 알아 감히 경시하지 못하고 꽉 다 잡은 할버드의 끝을 두 손으로 잡고 빙글빙글 돌기 시작했다.

느리게 시작한 할버드와 베르누크의 신형이 점점 빨라지자 그를 중심으로 거대한 바람이 형성이 되기 시작했다. 미약한 바람에서 점점 성장해서는 종내에는 주변의 모든 것을 닥치는 대로 삼키는 폭풍으로 성장해 나갔다.

콰드드득! 쿠콰가가각!

사방으로 빛이 가득하고 마치 태풍이 불어오는 듯 땅이 파였다. 그리고 베르누크와 나이젤 후작이 부딪히자 마치 천둥이 치는 듯이 번개가 내려치듯 대지와 공간을 점유하고 몰아치는 마나의 폭풍이 일었다.

"크아아아악!"

그리고 그 끝에는 검붉은 피분수를 뿜어내며 다가가던 속도보다 더 빠르게 튕겨져 나가는 한 인물이 있었으니.

"가, 각하!"

쿠더더더덕! 터억!

"우웨에엑!"

그는 다름 아닌 나이젤 후작이었다. 그의 풀 플레이트 메일은 이미 조각조각 갈라져 이미 그 형태를 잃어버린 지 오래였고, 방패는 온데간데없었으며, 반 토막이 난 검에 의지한 채 겨우 무릎을 꿇고 몸을 지탱하고 있었다.

그리고 쏟아내는 내장조각이 섞인 검붉은 핏덩어리.

"크으~"

검붉은 핏덩어리를 쏟아낸 나이젤 후작은 답답한 소리를 내며 겨우 고개를 들어 전면을 바라보았다. 그리고 그곳에는 흐릿하게 보이는 거대한 실루엣이 자신을 바라보고 있었다.

"잘 가시게."

씨익!

써걱!

나이젤 후작의 목이 베어졌다. 그 베어진 목은 웃고 있었다. 그 얼굴을 한참 바라보던 베르누크는 자신의 신형을 허공으로 띄워 올렸다.

"너희의 마스터 나이젤 후작이 죽었다! 계속하겠는가?"

높디높은 곳.

계단도 없이 하늘에 몸을 띄워 광폭하게 모든 전장에 그의 목소리가 들릴 정도의 소리를 내지른 베르누크의 모습에 폴라리스 왕국의 병사들은 물론 이스턴 왕국의 병사들까지 모두의 시선이 그에게로 쏠렸다.

그의 할버드에는 나이젤 후작의 목은 들려 있지 않았으나 베르누크가 보여준 위용만으로 나이젤 후작이 어찌 되었는지 능히 짐작할 수 있었다. 하나, 이스턴 왕국의 귀족들은 결코 쉽게 항복하지 않았다.

"개, 개소리다!"

"물러서지 마라! 물러서지마!"

이스턴 왕국의 기사들과 귀족들은 지휘관이 죽었음에도 발악을 했다. 그에 이스턴의 병사들은 항복하지 않고 계속 저항을 하였다. 물론, 조금씩 조금씩 무기를 버리고 투항하는 이들이 늘어가기 시작했음을 물론이었다.

그러한 모습을 자이칸 성의 가장 높은 곳에서 바라보던 니콜라이 백작. 그의 표정은 눈에 보이도록 뚜렷하게 창백하고 굳어져 있었다.

"만약을 위해서가 이것이었습니까? 하면, 길을 열도록 하겠습니다. 후작 각하의 마지막 명령을 위해서 말입니다."

그리고 그의 모습이 사라졌다. 그의 모습이 사라졌을 때 단지 그만 사라진 것이 아니었다. 자이칸 성을 지키고 끝까지 항전하고자 외치던 귀족들과 기사들 역시 사라졌다.

물론, 그것을 아는 이들은 몇몇에 한정되었다. 대규모 마나의 유동에 민감한 마법사들이나 혹은 최상급에 이른 기사들을 제외한 몇몇은 전투가 끝날 때까지 그 사실을 모르고 있었다.

무너지고 깨진 자이칸 성은 결국 폴라리스 왕국의 수중으로 다시 넘어갔다. 이스턴 왕국의 포로 15만, 폴라리스 왕국의 전사자 17만 등, 상당한 출혈을 감수하고서야 겨우 자이칸 성을 함락한 폴라리스 왕국이었다.

그렇게 폴라리스 왕국과 이스턴 왕국의 치열한 전투가 있을 무렵, 이스턴 왕국과의 협정에 의하여 폴라리스 왕국과 이스턴 왕국 간의 전쟁에 참여한 히르센 왕국은 폴라리스 왕국의 서남부를 기습적으로 공격해 들어가고 있었다.

폴라리스 왕국의 서남부.

히르센 왕국과 폴라리스 왕국과의 경계지점이자 히르센 왕국에서 폴라리스 왕국으로 진입하는 관문의 역할을 담당하고 있는 제네시스 성벽.

그곳에 롬멜 백작이 기습적으로 진군해오는 50만의 히르센 병력을 마주하고 있었다.

"바이큰족과 구데리안 공작 각하의 병력은?"

"최소한 3일의 시간이 필요합니다."

"3일이라……."

3일이라는 숫자를 되뇌는 롬멜 백작이다. 그것을 모르고 기습하는 히르센 왕국이 아닐 것이다. 전략의 기본은 철저한 계산하에서 이루어지는 무력의 투사가 바로 전략이니까.

그것을 증명하기라도 하듯이 50만에 이르는 히르센 병력은 제네시스 성벽을 중심으로 중앙과 좌우로 각 세 곳으로 나뉘어져 도착 즉시 전투태세에 돌입하고 있었다.

수많은 병사들이 내뿜는 열기는 이제 하늘에 떠 세상을 밝히고 있는 태양보다 뜨거웠다. 보란 듯이 정렬해 있는 히르센 왕국군 병사들의 모습은 보는 사람들을 질리게 할 정도였다.

하나, 그러함에도 불구하고 제네시스 성에서 그 모습을 내려다보는 폴라리스 왕국의 병사들은 오히려 전의를 불태우고 있었다.

"중앙에 20만에 좌우 15만 정도라……."

롬멜 백작의 부관으로 참전하고 있는 조나단 남작이 뒷말을 흐렸다. 지금 제네시스 성 안에 있는 폴라리스 왕국이 병사들은 고작해야 20만. 평소라면 상당한 병력이라고 해야 함이 옳겠으나, 50만이라는 히르센 왕국군과 비견하니 고작이라는 말을 사용해야만 했다.

그렇게 말을 하는 와중에도 히르센 왕국의 병력은 꾸역꾸역 몰려들며 전투를 위한 진형을 꾸리고 있었다. 공성장비가 이동하고 마법사들이 자리를 잡고 있었으며, 궁병들이 열을 맞춰 활과 화살을 정비하고 있었다.

"대가리 수가 많으니 움직임도 굼뜨구만. 해 뜰 때 공격이나 할 수 있을는지 모르겠군."

평소 같지 않은 말을 사용하는 롬멜 백작을 빤히 바라보는 조나단 남작이었다. 전혀 롬멜 백작답지 않은 시답지 않은 농담과 같은 말이었다. 하지만 이내 그 의미를 생각할 수 있었던 조나단 남작은 롬멜 백작을 바라보던 눈을 돌려 진형을 정비하고 있는 히르센 왕국군을 바라보며 말을 했다.

"엉덩이가 무거워서 무기나 제대로 들지 모르겠습니다."

"나쁠 것도 없지."

조나단 남작의 말에 고개를 끄덕이며 롬멜 백작이 내뱉은 말이었다. 이미 폴라리스 왕국 병사들은 성벽에 다닥다닥 붙어 전의를 불태우고 있었고, 원거리 무기는 명령만 내린다면 즉각 석을 향해 쏘아낼 순비를 하고 있었다.

뿌우우우!

그러는 사이 히르센 왕국의 진영으로부터 뿔고동 소리가 길게 울려 퍼졌다. 그것은 바로 전쟁의 시작을 알리는 신호음이라 할 수 있었다.

"허~ 엉덩이가 무거운 대신 마음은 급한 모양이로군."

"그러게 말입니다. 사신도 보내지 않고 곧장 전투에 돌입하는 것을 보면 용렬하기 짝이 없는 적입니다."

그도 그럴 것이 의례적으로 전투의 시작에 앞서 항복을 권유하는 기사를 보내지 않은 채 곧바로 전투를 알리는 뿔고동 소리와 함께 전고가 울려 퍼지니 전투에 앞서 전의를 불태우고 있던 폴라리스 왕국의 병사들조차 약간 당황한 듯 술렁였다.

"제국을 이었다 하고, 그렇게 노블레스 오블리주를 부르짖던 그들이거늘. 빌어처먹을 놈들. 조나단 남작! 병사들에게 전투 개시를 알려라!"

"명을 따릅니다."

롬멜 백작의 말에 황급하게 자리를 비우는 조나단 남작을 바라보며 서서히 움직이기 시작하는 히르센 왕국의 대규모 병력을 바라보며 어금니를 꽉 깨무는 롬멜 백작이었다.

"항복 권유조차 필요없다 이건가? 큭! 오냐! 어디 한 번 와 보거라!"

척! 척! 척!

한 걸음, 한 걸음 상당한 훈련을 거쳐서인지 도착하자마자 공격에 나섬에도 불구하고 히르센 왕국의 병사들은 흔들림없는 발소리로 지축을 흔들고 있었다.

그 대단하고 정연한 모습은 적에게 위압감을 주기에 충분했다. 그러한 병사들의 진군하는 모습을 바라보고 있는 홀리오스 벤투스 후작. 하지만 부사령관으로 후작을 옆에서 수행하고 있는 루이스 첸들러 백작의 얼굴은 가히 좋지 못하였다.

"왜? 항복 권유도 없고, 개전을 알리는 기사도 보내지 않아 찜찜한가?"

"그야……."

솔직하게 자신의 의견을 피력하려던 첸들러 백작은 결코 자신의 생각을 밖으로 내뱉지 못하였다. 벤투스 후작은 결코 자신의 의견을 듣기 위해 묻는 것이 아니라는 것을 깨달았기 때문이었다.

"전쟁에 무슨 항복 권유이고 개전을 알리는 기사인가? 전쟁에는 승자와 패자만이 있을 뿐이다."

"하지만… 아닙니다."

옳지 않다고 말하고 싶었다. 우리는 대히르센 제국을 잇는 유일한 왕국이라 밀을 하고 싶었다. 그러한 첸들러 백작의 생각은 전혀 의미를 둘 이유가 없다는 듯이 벤투스 후작은 말을 이었다.

"역사는 승자의 것이다. 패자는 역사의 뒤안길로 사라지게 마련이지. 정당하더라도 패자는 패자이고 정당하지 못하고, 피에 절은 악마와 같다 하더라도 승자는 역사의 전면에 나선다.

이 전쟁을 평가하는 것은 그대가 아닌 역사라는 것이다. 옳든 옳지 않든 간에 역사가 이 전쟁을 평가해 줄 것이고 나를 평가해 줄 것이다. 또한 나는 이 전쟁에서 승리할 자신이 있음이다."

　이해되었다, 아니 벤투스 후작의 말이 옳다고 해야 할 것이었다. 하지만 머리로는 이해했고, 당연하다고 했지만 가슴으로는 여전히 이해가 되지 않았다. 이 냉혹하리만치 잔인한 벤투스 후작의 말이 말이다.

　"그리고 또 하나의 이유가 있지."

　"무엇입니까?"

　"백작은 아국이 대히르센 제국의 적통을 잇고 있다 생각하고 있을 것이네. 또한 그 이름만큼이나 드높은 노블레스 오블리주를 가장 잘 실천하고 있는 왕국이 바로 아국이라고 생각하지 않나?"

　"그렇습니다."

　정곡을 찌르는 벤투스 후작의 말에 뜨끔했지만 이내 평정을 되찾고 답하는 첸들러 백작이었다. 그에 슬쩍 차가운 미소를 띠는 벤투스 후작이었다. 어찌 보면 가소롭다는 표정이라고도 볼 수 있을 정도의 차가운 미소였다.

　"아국은 언제나 폴라리스 왕국을 무시했지. 변방의 야만인과 다르지 않다고 말이지. 그런데 말이야. 우리가 그렇게 무시하던 그 야만인들을 기습하고 있네. 아무리 형식적인 항복 권유를 하고 기사를 보낸다 하여도 그것은 변함없는 사실이지."

“그것은······.”

무슨 말을 하려 했지만 차마 입을 뗄 수 없는 첸들러 백작이었다. 벤투스 후작의 말이 맞았다. 야만이라고, 문화적 후진한 곳이라고, 혹은 그들이 어떤 도발을 하더라도 이겨낼 수 있을 것이라고 자신하던 히르센 왕국이었다.

그런데 기습을 하고 있다. 물론 50만이라는 병력이 결코 가볍지 않으나, 선전포고도 없이 타국의 영토를 들이닥쳤으니 분명 약자가 강자에게나 행하는 그런 기습임에는 틀림없었다.

“또 하나.”

“이유가 하나 더 있다는 말씀입니까?”

되묻는 첸들러 백작의 말에 일언반구도 없이 역시 자신의 할 말만 하는 벤투스 후작이있다. 그의 얼굴에는 여선히 귀찮다는 짜증난다는 표정이 여실히 드러나 있었다.

“적의 후방군이 제네시스 성을 지원하기 위해 며칠이 걸린다고 예상하였나?”

“폴라리스 왕국의 기동력이라면 늦게 잡아야 3일입니다.”

“늦게 잡아도 3일이라. 하면 전투를 최소 이틀 이내로 마무리 지어야 하지 않겠나? 후방 지원군은 단순히 폴라리스 왕국의 병사들뿐 아니라 바이킨족의 전사들도 포함되어 있다고 하던데 말이지. 듣지 못했나?”

"들었습니다."

지금 벤투스 후작이 하는 말을 모두 들었다. 그들의 규모까지 그리고 그들을 인솔하는 총사령관이 제국 시절부터 이름이 높았던 마스터 구데리안 공작이라는 것까지 모두 들었다.

"거기에 마스터가 있고, 그 무시무시하다던 바이큰 전사들까지 있지. 이 상황에서 대체 우리가 취해야 할 자세가 무엇이라고 생각하는가. 알량한 자존심과 되지도 않는 노블레스 오블리주를 외쳐야만 하는가? 아니면 그 모든 것을 버리고 선제 기습을 하여 적의 기세를 꺾어야만 하는가?"

"생각이 짧았습니다."

천생 기사이나 옳은 것을 그르다고 할 정도의 담력이나 혹은 정치적인 식견이 있는 것이 아닌 첸들러 백작은 쉽게 인정을 했다. 틀린 말이 아닌 혹은 정신을 흩뜨리는 삿된 말이 아닌 현 상황을 정확히 파악한 옳은 말이기 때문이었다.

약간은 오만한 면이 없지는 않으나 무섭도록 실리적인 벤투스 후작이었다. 아마도 그러한 실리적인 면과 마스터라는 것 때문에 로드리게스 국왕이 벤투스 후작을 폴라리스 왕국을 병탄하는 총사령관으로 임명하지 않았나 싶었다.

그러는 사이 히르센 왕국의 병사들은 점점 제네시스 성벽으로 접근하고 있었다. 아직 공성병기나 혹은 화살의 사거리에 다다르지 않았다고 생각하는 순간 제네시스 성에서는 새까만 화살의 비가 쏟아져 들어왔다.

"벌써?"

하늘 높은 곳에서 날아오는 화살과 통나무를 바라보며 첸들러 백작은 놀란 눈빛을 하였다.

"아국보다 긴 사거리를 지닌 궁병과 공성 병기가 있다 하더니 확실히 예상보다는 위협적이군."

속도를 높이고 있는 히르센 왕국군을 노리고 날아드는 폴라리스 왕국의 공성병기와 화살을 바라보는 벤투스 후작의 입에서 짤막한 소리가 흘러나왔다. 하지만 그다지 걱정하거나 혹은 경호성을 내지는 않았다.

그것은 그만큼 폴라리스 왕국의 작전을 세밀하고도 면밀하게 분석했다는 뜻도 포함되어 있었다. 다만, 예상보다 더 먼 사거리에 조금 놀랐을 뿐이었다.

"방패병! 방패 머리 위로!"

예상 범주 안에 있었던 포라리스 왕국의 공격에 히르센 왕국군의 움직임은 그야말로 기민했다. 그리고 병사들 속에서 몸을 감추고 있던 마법사들의 입에서 준비된 마법들이 터져 나왔다.

"프로텍트 프롬 미사일!"

"실드!"

"윈드!"

하늘을 새까맣게 물들이며 날아오던 통나무와 마법과 화살이 히르센 왕국의 단단한 방어벽에 부딪혔다. 마법은 대단위 실드에 가로막혀 제대로 효과를 보지 못했으며, 화살과 통나무는 거센 역풍과 마법 방어에 막혀 히르센 왕국의 진영을 흐트러뜨리지도 못했다.

"전군! 전속으로 전진하라!"

이에 용기를 얻은 이어지는 히르센 왕국의 지휘관들의 외침에 병사들 역시 힘을 얻어 한 발 한 발 앞으로 움직여 나갔다.

터터텅!

"멈추지 마라!"

하지만 그것도 잠시였다. 최대 사거리가 아닌 유효 사거리에 히르센 병사들이 들어서자 마법과 화살 그리고 통나무와 돌덩이 혹은 바윗덩어리가 그 역할을 톡톡히 해내기 시작했다.

"컥!"

"다, 다리가!"

"일어나라! 일어나!"

"멈추면 내 검에 목을 잃을 것이다!"

한 치의 틈도 없이 빼곡하게 쏟아지는 비를 가린다고 해서 한 방울도 맞지 않을 수는 없었다. 병사들이 견디기 힘든 충돌과 무게 혹은 뜨거움 그리고 방패와 방패를 잇는 사이사이를 파고드는 화살의 공격은 결코 쉽게 전진을 허용하지만 않았다.

하지만 그것은 50만으로 형성된 군진 중 극히 일부에 지나지 않았다. 쏘아올린 마법과 화살 혹은 공성병기로 입은 피해로는 극히 일부분에 지나지 않았다.

콰앙!

"크아아악!"

"버텨라! 버텨!"

"멈추지 말고 달려라! 달리란 말이다!"

"제, 젠장! 공성부대는 대체 뭘 하느냔 말이다. 언제 공격을 시작하느냔 말이다!"

그리고 점점 그 피해는 가중되기 시작했다. 아직 제네시스 성벽에 이르기까지는 시간이 필요하였다. 하지만 멈출 수 없었음이다. 속보로 내딛던 발걸음이 빨라지고 종내에는 달려나가기 시작했다.

그와 동시에 히르센 왕국의 진영에서도 공성 병기가 불을 뿜기 시작했다. 벤투스 후작은 그야말로 철저하게 폴라리스 왕국의 전략을 분석해 왔다. 필요없는 행위는 완전히 제거하고 있었기 때문이다.

"마법 병단은 앞으로 나서라!"

공성병기가 불을 뿜기 시작했을 무렵 다시 히르센 왕국의 진영에서 커다란 외침이 터져 나왔다. 그리고 마법사들이 앞으로 나섰다. 멍청하게 플라이 마법을 써서 날아오르거나 혹은 병력이 좌우로 갈라지지도 않았다.

사방을 철갑을 두른 약간 타원형으로 각이 진 상자 안에서 적이 바라보이는 곳이 빼꼼이 열릴 뿐이었다. 그리고 그 좌우에는 역시 방패나 혹은 철갑을 두른 전투마가 그 상자를 이끌고 있었다.

타다다닥!

쿠르르르!

화살은 철갑에 부딪혀 튕겨져 나갔고, 돌덩이나 바윗덩어리는 정면으로 맞지 않는 한은 미끄러져 튕겨져 나갔다.

"조금만 더 버텨라! 마법 병단이 길을 낼 것이다!"

"와아아아!"

마법 병단이라는 말에 기사들이고 병사들이고 할 것 없이 용기백배하여 크게 함성을 지르며 네네시스 성을 향해 치달아가는 히르센 왕국의 병력이었다.

"몰아치는 마나의 힘이여! 강력한 힘으로 적을 휩쓸어라! 작열하는 번개! 체인 라이트닝(Chain Lightning)!"

"타올라라 마나의 힘이여! 모든 것을 태우는 그대의 힘으로 내 앞의 모든 것을 불태워라! 불의 구체! 파이어 볼(Fire

Ball)!”

　“몰아치는 마나의 힘이여! 위대한 마나에 저항하는 존재에게 그 미약함을 깨닫게 하고 그 육신을 갈가리 찢어라! 라이트닝 필드(Lightning Field)!

　히르센의 진영에서 마법이 터져 나왔다. 애초에 마법 전력이 지극히 약하다고 평가되는 히르센 왕국군의 진영에서 대체 어디서 저 많은 마법사를 준비했는지 알다가도 모를 일이었다.

　“조심해!”

　“모두 고개를 숙여라!”

　기사들의 외침에 급급하게 성벽 뒤로 몸을 숨기는 병사들이었다. 하지만 꼭 모든 병사가 그 명령에 따른 것은 아니었다. 전쟁의 광기에 미쳐 흥분한 병사들도 있었고, 미처 화살과 마법을 피하지 못해 심장에 화살을 꽂히거나 혹은 몸이 불타올라 성벽 아래로 꺼꾸러지는 병사들 역시 부지기수였다.

　“커허어억!”

　“덤벼! 덤비란 말이다! 이 새끼들아!”

　“방패 들어! 방패 들란 말이다!”

　성 밖의 성황도 아비규환이었지만 그렇다고 해서 성안의 상황이 성 밖의 상황보다 나은 것도 없었다. 죽어나가는 병사

들과 깨어져 나가는 성벽에 입안이 텁텁하고 피로가 곱절로
몰려들기 시작했다.

"빌어먹을!"

성루에 있던 롬멜 백작의 얼굴로 안타까움과 분노가 스쳤
다. 적에 대하여 너무 모르고 있었다. 적들은 훨씬 더 많은 병
력으로 철저하게 자신들을 분석하고 왔건만 자신들은 너무
안일하여 아무것도 할 수 없었기 때문이었다.

그리고 히르센 왕국의 마법 전력은 상상 이상이었다. 기사
의 왕국이라 해서 마법 전력이 많아봐야 얼마나 많겠느냐고
했지만 지금 제네시스 성을 공격하고 있는 마법 전력은 이미
제네시스 성에서 보유하고 마법사의 수를 훨씬 상회하고 있
는 상황이었다.

콰콰가가강!

"으아아악!"

제네시스 성의 성벽이 터져 나가고 무너져 내렸다. 그곳을
지키고 있던 병사들이 피떡이 되어 터져 나갔다. 여기저기서
쏟아지는 바윗덩어리에 시신조차 제대로 건사하지 못하였고,
여전히 맹렬한 기세로 쏘아져 오는 마법에 비명조차 지르지
못하고 폭사했다.

"쿠허억! 이런 된장 맞을!"

“괜찮으십니까?”

성벽에 붙어 있던 기사가 형편없이 튕겨져 나가며 가슴을 부여잡으며 쿨럭거렸다. 그에 누군가가 그런 기사를 더듬으며 괜찮냐고 물어왔다.

“염병! 내 걱정 말고 화살이나 재!”

“누, 눈이……”

그에 확 소리가 나도록 병사를 향하는 기사의 시선. 그러고는 이내 얼굴이 일그러졌다. 얼굴 전체가 녹아 있었다. 특히나 두 눈 주변은 시꺼멓게 타들어가 있었다.

“머, 멍청한 놈아! 세상천지가 히르센의 병사이거늘 눈이 무슨 소용일 것이냐!”

기사의 말에 잠시 멍하게 있던 병사는 이내 기묘하게 입술을 움직여 말을 이었다.

“확실히 그렇습죠.”

그렇게 말을 하고 주변을 더듬거려 활을 찾고 화살통을 찾아 들었다. 그리고 거침없이 활에 화살을 재었다.

“이 멍청한 놈! 반대로 돌려! 상방 15도!”

기사가 눈이 되었고, 병사가 몸이 되고 팔이 되었다.

“쏴! 옳지! 한 놈 잡았다!”

한 명은 고래고래 악을 쓰고 한 명은 아무런 말도 없이 똑같은 동작을 반복하던 중 저무는 석양과 같은 붉고 타오르는 화염이 둘이 있던 곳으로 쇄도하고 있었다.

"멍청한 놈! 죽어서 보자고!"

마침 화살도 모두 떨어지고 확연하게 느껴지는 뜨거움에 이미 죽음을 직감한 병사 역시 얼굴 근육을 묘하게 비틀며 말을 받았다.

"몇 놈이나 잡았습니까?"

"낄낄. 히르센 왕국 놈들이 너를 보고 바지에 오줌을 지리는구나."

쿠후우우웅!

불이 터졌다.

사방 5미터를 그 이글거리는 불덩어리가 휩쓸고 지나갔으며 이어서 돌덩어리와 바윗덩어리 그리고 적들이 쏘아올린 화살이 타다다닥 소리를 틀어박히고 있었다.

"사다리를 대라!"

"막아! 막으란 말이다!"

성벽 아래에서는 높디높은 사다리가 대어져 개미처럼 다닥다닥 붙어 히르센 병사들이 오르기 시작했고, 어느새 다가왔는지 성벽만큼이나 높은 공성탑에서도 문이 열리며 히르센의 병사들이 성벽으로 쏟아져 들어왔다.

"사다리를 걷어내라!"

"뜨거운 물을 가져와!"

“절대 밀리지 마라!”

성루에 있던 롬멜 백작은 자리를 벗어나 쏟아져 들어오는 적들이 있는 곳으로 떨어져 내리며 히르센 왕국의 지휘관급 기사로 보이는 자를 그대로 양분하고 있었다.

“커억!”

“단 한 놈도 성안으로 들이지 말라!”

“우와아아악!”

롬멜 백작의 명령에 병사들과 기사들은 필사적인 외침으로 답을 했다.

성벽을 넘으려는 자와 그것을 막으려는 자. 그 둘 사이에 처절한 혈투가 시작되었다.

그리고 롬멜 백작의 참여는 전황을 잠시 주춤하게 하는 결정적인 계기가 되었다. 하지만 롬멜 백작이 만능은 아니었다. 끊임없이 쏟아져 들어오는 히르센 왕국의 병력에 그의 주변은 이미 시산혈해가 된 지 오래였다.

‘불의 폭발!’

‘폭풍의 대지!’

연신 펼쳐지는 중급 불의 정령과 바람의 정령의 정령 마법.

그의 손에는 오러 블레이드에 버금가는 오러 리저넌스가 펼쳐지고 있었다. 그 서슬 퍼런 모습에 감히 누가 그의 곁으로 다가오려 하지 않았다.

그때 그러한 롬멜 백작을 노리고 타는 듯한 불덩어리가 쏟아져 들어왔다.

"마법 따위! 나를 막을쏘냐!"

'절삭의 바람!'

'불의 창!'

마법을 쪼개 버리고 잘라 버리고 꿰뚫어 소멸시켜 버렸다.

"저, 저……."

"대체 저 놈은……."

롬멜 백작의 모습은 폴라리스 왕국의 병사들에게는 걷잡을 수 없는 사기를, 반면에 히르센 왕국의 병사들과 기사들에게는 심장이 튀어나올 만큼의 경악과 놀라움 그리고 급격한 사기 저하를 가져왔다.

"전부 죽여주마!"

롬멜 백작이 울부짖었다.

아침나절 시작한 전투가 오후를 훌쩍 넘어가고 있었다. 그것을 티라도 내려는지 서서히 타오르기 시작하는 붉은 노을빛이 검은 여기와 붉게 물든 제네시스 성을 비추고 있었다.

"더 투입합니까?"

지독하리만치 버티는 제네시스 성을 바라보던 첸들러 백작은 총사령관인 벤투스 후작에게 물었다.

"가능성은?"

"밀어붙인다면 늦은 저녁쯤에나 함락할 수 있습니다."

챈들러 백작의 말에 입꼬리가 살짝 말아 올라가는 벤투스 후작이었다.

"완벽하게 함락한다."

"명을 따릅니다."

벤투스 후작은 병사들이 얼마나 죽어가든 상관이 없었다. 어차피 이런 피해쯤은 이미 감수하고 있었으니 그리 큰 문제가 아니었다. 어떻게 해서든지 적이 도착하기 전에 성을 함락시켜야 했다.

그것도 적이 생각하는 시간보다 빠르게 말이다. 그렇게 해야만 후속으로 다가올 폴라리스 왕국의 병사들을 상대할 수 있기 때문이었다. 죽은 자는 죽은 것이고 산 자는 살아야 하니까 말이다.

"지독한 놈들."

얼굴을 새까맣게 물들인 조나단 남작이 피곤한 목소리로 아직도 밀려들고 있는 히르센 왕국이 병사들을 바라보며 작게 말을 되뇌었다.

이미 성벽이 무너지고 성문이 박살 난 지 오래였다. 20만의 병력으로 50만의 병력으로 막아서고 있었다. 적들도 상당한 타격을 받을 터이지만 폴라리스 왕국군은 거의 전멸에 가까운 타격을 받고 있었다.

하지만 제네시스 성에는 20만의 병력만이 있는 것은 아니었다. 성을 비우고 피난하라는 명을 어기고 남아 있던 평민들이 있었다. 그들 대부분은 바이큰 왕국이 폴라리스 왕국으로 흡수되면서 노예에서 평민으로 신분이 상승된 이들이었다.

폴라리스 왕국에는 원천적으로 노예가 없으니 말이다. 그들은 제네시스 성을 떠나지 않았다. 갈 곳이 없다는 것이었다. 그들은 돌덩이를 들었고, 검을 들었으며, 창을 들었다.

소년은 몸에도 맞지 않은 방어구를 걸치고 눈물 콧물을 질질 흘리며 적과 싸웠고, 여인들은 앞치마에 돌덩이를 날랐다.

그들을 바라보는 조나단 남작의 얼굴에는 뿌듯함과 자랑스러움이 담겨져 있었다. 저들이 바로 폴라리스 왕국의 왕국민이었다. 훈련받지 않았지만 나이는 어리지만 몸이 늙어 제대로 움직이지도 못하지만 지켜내고 싶어 하는 것이었다.

그때 아련하게 롬멜 백작의 우렁찬 목소리가 들려왔다.

"나는! 왕국을 위함이 아니라 내 후손의 자유를 위해 이곳에서 싸우노라!"

"와아아아아!"

롬멜 백작의 외침에 제네시스 성 안에 있는 모든 폴라리스 왕국의 병사와 영지민이 함성을 질렀다.

"싸우자!"

"지키자!"

노인의 거친 손이 주먹 쥐어져 머리 위로 올라갔고, 어린 소년이 투구를 들어 올려 함성을 질렀으며, 여인들은 머리를 감싼 수건을 흔들었다.

"나 에르빈 롬멜은 단 하루를 살더라도 대폴라리스 왕국의 왕국민으로 살겠노라!"

마지막을 외치는 듯한 비장함이었다. 보통의 지휘관이 전세가 불리함에 도망치는 것과 달리 롬멜 백작은 병사들과 기사들 그리고 영지민의 전의를 북돋우고 있었으며, 스스로 검을 들어 끊임없이 몰려드는 히르센 왕국의 병력 속으로 뛰어들었다.

한참을 정신없이 베고 베었다.

롬멜 백작의 두 손에 들린 긴 마상 장검에는 섬붉은 피가 파도치듯이 흘러내리고 있었다. 피를 털어낼 시간도 없었다. 어느새 사슴 가죽을 두른 검병은 축축하게 젖어 연신 검붉은 핏방울을 흘리고 있었다.

콰가가강!

"크음!"

거침없이 사방을 누비던 롬멜 백작의 신형이 갑자기 뒤로 튕겨져 나갔다. 큰 충격은 아니었지만 지금껏 자신의 검을 막아선 자가 없었기에 약간의 충격을 느낀 롬멜 백작이었다.

아직까지 힘이 남아 있던지라 롬멜 백작은 형형한 눈동자로 자신의 검로를 막아선 자를 바라보았다.

창백한 안색, 냉소적인 눈동자, 깔끔할 정도로 잘 차려 입은 풀 플레이트 메일. 그리고 그 주변을 빙 둘러싼 잘 단련된 기사들.

"홀리오스 벤투스?"

"호오~ 날 알아?"

알았다. 모를 리가 없지 않은가? 단 하루 동안 이 제네시스 성을 무자비하게 공격한 히르센 왕국의 총사령관인데 말이다.

히죽!

롬멜 백작이 웃었다.

"마스터, 별거 아니구만."

평소와 다른 롬멜 백작의 한마디. 그 말에 벤투스 후작 역시 히죽 웃었다. 하지만 직접 나서지는 않았다. 그를 둘러싼 호위 기사들 중 몇 명이 앞으로 나섰다.

그때 롬멜 백작의 마상 장검이 움직였다.

"까불지 마라!"

쇄도해 오는 검을 쉽게 걷어낸 롬멜 백작은 또 다른 장검으로 기사를 갈라 버렸다. 피가 튀어 올랐다. 옆구리에 무언가 다가왔다. 몸을 비틀어 피하고 목을 잘랐다.

등 뒤에서 검이 튀어나왔고, 다리를 향해 검을 쓸어왔고, 심장을 쪼갤 듯 쇄도해 오는 검첨과 허리를 잘라 버릴 듯 쓸어오는 대검.

씨익.

입꼬리를 말아 올린 롬멜 백작이 풍차처럼 몸을 회전시켰다.

콰차자자장!

"한 놈도 살아남지 못하리라!"

롬멜 백작의 검에는 눈이 없었다. 또한 감정도 없었다. 다가오는 모든 공격을 단 한 번의 방어로 상쇄시켰다. 그리고 그의 마상 장검이 움직이는 궤적을 따라 튀어 오르듯 머리통들이 솟구쳐 올랐다.

악귀와 같은 롬멜 백작의 모습.

공격해 가는 기사들을 족족 죽여내고 있지만 그렇다고 전혀 피해를 입지 않은 것은 아니었다. 일반 병사도 아니고 마나를 다루는 기사이지 않은가? 그러한 자들이 공격하는데 부상을 입지 않는다는 것이 오히려 이상했다.

그러함에도 불구하고 그의 모습은 여전히 활기차 보이고 있었다. 무언가 알 수 없는 힘이 그를 지켜주고 있기라도 하듯이 말이다. 그리고 가끔 쏟아지는 마법 같지 않은 마법이 벤투스 후작의 호위 기사들의 목숨을 빼앗고 있었다.

“그만!”

그때 드디어 벤투스 후작의 입이 열렸다.

“호~ 드디어 대장이 나서는 건가?”

롬멜 백작의 도전하는 듯한 목소리에 벤투스 후작의 눈살이 살짝 찌푸려졌다. 하지만 그것은 롬멜 백작의 말 때문이 아닌 주변에 죽어 널브러진 기사들 때문이었음이 이내 드러났다.

“쯧. 고작 이 정도인가?”

“죄송합니다.”

한쪽 팔이 깨끗하게 잘려 나갔음에도 불구하고 고통을 모르는 것인지 아니면 그 고통을 참고 있는 것인지 몰라도 무감정한 말이 오고 갔다.

“경계하도록!”

“명을 받습니다.”

벤투스 후작의 말은 절대적이었다. 롬멜 백작을 둘러싸고 있던 기사들이 마치 썰물 빠지듯 빠져나가 주변을 경계하였다. 마치 단 한 치의 틈도 허용치 않겠다는 듯이 말이다.

CHAPTER
04
비애

Knight King

　하지만 그들의 그런 대단한 위세에도 폴라리스 왕국의 병사들은 굴하지 않았다. 마치 죽기 위해 태어난 것처럼 상대도 되지 않을 기사들을 향해 몸을 날렸고, 몸으로 방패를 만들어 다음 공격이 성공하도록 만들고 있었다.

　"지독한!"

　그러한 모습에 벤투스 후작은 자신도 모르게 독하다는 말이 튀어나왔다. 정말 독했다. 성벽을 점령한 지 반나절이다. 한데 늦은 밤이 되도록 성을 함락시키지 못하고 있었다.

　그 연유는 지독하리만치 독하게 버티고 폴라리스 왕국의

병사들과 영지민들 때문이었다. 그들의 독함은 이스턴 왕국의 병사들과 달랐다. 이스턴 왕국의 병사들은 고래고래 소리를 지르고 검으로 협박하고 정예화된 훈련을 받은 그런 병사들이었다.

하지만 폴라리스 왕국은 지금 병사들보다는 영지민이 더 많았다. 끊임없이 물고 늘어지는 폴라리스 왕국의 왕국민들. 인상을 찌푸릴 수밖에 없었다. 그러한 벤투스 후작의 마음을 알기라도 하듯이 롬멜 백작은 득의만만한 웃음을 지어보였다.

"즐겁나?"

"미친놈이군. 전쟁이 즐거울 리가 없잖은가?"

롬멜 백작의 말에 당황하거나 화를 내기는커녕 오히려 슬쩍 입술꼬리가 말아 올라가는 벤투스 후작이었다.

"크큭! 크크, 크하하하핫!"

"정말 미친놈이었군."

고개를 절레절레 흔들며 마상 장검을 잡은 손에 잔뜩 힘을 주는 롬멜 백작이었다. 말은 대수롭지 않게 흘러나왔으나 내심은 긴장을 잔뜩 하고 있었다. 또한, 직감하고 있었다.

살아남기 힘들다는 것을.

그리고 그것을 마치 증명이라도 하듯이 앙천광소를 마친 벤투스 후작의 검이 롬멜 백작을 향해 쇄도해 들었다. 쇄도해 들어오는 벤투스 후작의 눈동자는 시리도록 차가웠다.

카앙! 캉캉캉!

쉴 새 없이 이어지는 벤투스 후작의 검. 그리고 정신없이 막아내는 롬멜 백작. 밀리면서도 롬멜 백작은 침착함을 유지하려 했다. 마스터라면 자국에도 많다. 그들과 대련을 해보지 않을 리 없는 롬멜 백작이었기에 대결이 진행될수록 점점 안정감을 찾아가고 있었다.

하지만 벤투스 후작은 그것을 기다리고나 있었다는 듯이 냉막한 얼굴에 하나의 작은 실선을 그렸다.

"이제 좀 할 만해졌나?"

"풰! 여유부리기는. 이제부터 시작이다."

목에 걸린 울혈을 내뱉은 롬멜 백작이었다. 마스터와 얼마든지 싸울 수 있었다. 하지만 자신은 시쳐 가고 있고, 상대는 이제 막 전장에 참여하고 있었다. 그러함에도 롬멜 백작의 기세는 전혀 줄지 않았다.

'불의 창!'

화아아악!

갑자기 불이 일어나며 벤투스 후작을 향해 쇄도해 들어갔다. 그에 벤투스 후작이 흠칫하기는 했으나 이내 오러 블레이드를 시전하여 그대로 창의 끝으로부터 시작하여 일직선으로 갈라 버렸다.

끼아아아악!

"크흡!"

그에 롬멜 백작의 정신을 혼미케 하는 드높은 비명 소리가 들려오며 불의 정령이 역소환되었다. 하지만 롬멜 백작은 가만히 있지 않았다. 이 기회를 살리기 위해 알면서도 불의 정령을 미끼로 삼은 것이니까.

"죽엇!"

쉬아아악!

롬멜 백작의 마상 장검이 풍차처럼 돌고 유려한 잔상을 남기며 벤투스 후작을 향해 쇄도했다. 불의 창을 반으로 가르며 거기에서 터져 나오는 후끈함과 폭발로 인한 매캐한 검은 연기가 시야를 가린 찰나의 순간이었다.

"흡!"

냉막하던 벤투스 후작의 동공이 커졌다. 하지만 그의 대처는 기민했다. 그 찰나의 순간에 신형에 오러를 둘러 회오리처럼 감아 들어오는 롬멜 백작의 검을 막아내고 방패를 던지며 공중으로 뛰어 올랐다.

"뛰면 살 것 같더냐?"

'바람의 칼날!'

바람이 불었다. 날카로움 바람이 불었다. 그 바람을 맞는다면 뼈까지 잘려나갈 그런 바람이 불었다. 갑작스럽게 다가오는 위화감에 벤투스 후작의 눈이 가늘어졌다.

"무엇을 하든 네놈이 죽는 것은 변함이 없다."

벤투스 후작의 주변을 도는 방패에서 농밀한 마나의 향기가 흘러나오면서 다가오는 무형의 공격을 막아내고 있었고, 벤투스 후작의 검에서는 폭발적인 오러가 쏘아져 나갔다.

콰가가가각!

방패와 바람의 칼날이 부딪히며 쇠를 긁는 듯한 소리가 귀가 멍멍할 정도로 들려왔고, 수 없이 많은 그 틈을 비집고 오러가 쏘아져 롬멜 백작을 향해 쇄도해 들어갔다.

롬멜 백작은 쏘아져 오는 오러의 기세가 만만치 않음을 느끼고는 번개가 같이 쌍검을 휘둘러 뿌연 막을 만들어 내고 있었다. 하지만 그것은 마스터의 그것과는 전혀 다른 것이었다.

'바람의 방패!'

공격과 방어를 한꺼번에 하려하니 공격의 횟수가 줄어들 수밖에 없었고, 방어막 역시 얇아질 수밖에 없었다.

콰가가강!

천번지복할 굉음이 흘러나왔다. 그 폭발음과 폭발력이 어찌나 크던지 벤투스 후작과 롬멜 백작과의 사이에는 커다란 구덩이가 형성될 정도였다.

"크허업!"

벤투스 후작의 검격을 견디지 못하고 결국에는 뒤로 구르

듯이 밀려나며 답답한 신음성을 토하는 롬멜 백작이었다. 그러한 모습을 바라보며 사이하게 웃는 벤투스 후작이 입이 열렸다.

"꼴사납군."

하지만 그렇게 말을 하는 벤투스 후작 역시 그리 나은 상황은 아니었다. 적어도 겉으로 드러난 모습으로는 양쪽 다 상당히 낭패한 모습이었다. 물론, 롬멜 백작이 조금 더 손해 보는 그런 느낌이었지만 말이다.

"크읍! 퉤! 더럽게 아프네."

또다시 핏물을 뱉어낸 롬멜 백작이었다. 그의 입가에는 선명하게 검붉은 핏물이 흘러내리고 있었다. 죽은피가 아닌 속을 다쳐 흘러내린 피라는 것을 증명하는 것을 게다.

하지만 롬멜 백작의 기세는 줄어들지 않았다. 어느새 자세를 다시 잡더니 득달같이 벤투스 후작을 향해 쇄도했다.

쾅! 콰광! 콰가강!

거칠게 밀어붙였다. 돌려서 치기도 하고, 직선으로 찔러 들기도 하고, 눈을 어지럽히듯 솔직한 공격이 이어졌고, 단순해 보이는 듯 어지러운 공격이 계속되었다.

"흐랴얍!"

벤투스 후작은 커다랗게 소리를 지르며 마스터인 자신이 밀리고 있는 것을 떨쳐 내려 하고 있었다. 믿을 수 없었다. 자신은 마스터가 아닌가? 거기에 상대는 잘 쳐줘 봐야 최상급이다.

그런데 이 이상한 기운은 대체 뭐란 말인가. 자신이 밀리고 있는 이 기운은 뭔가? 자신의 공격의 맥을 끊고 방어에 중점을 두게 한 이 기이한 기운 말이다.

세상 그 누구보다도 심지어는 히르센의 국왕 폐하이신 로드리게스 국왕 폐하의 검보다 강하다 자신하는 검이었다. 지금껏 베지 못한 것이 없었고, 이겨내지 못한 자가 없었다.

"크큭! 마스터가 고작 이건가? 히르센의 마스터는 최상급에게도 밀리는 건가?"

"크아아아!"

촤차자장!

그런 와중에 들려오는 롬멜 백작의 비웃음에 벤투스 후작의 검에서 시퍼런 오러 블레이드가 뿜어져 나오며 롬멜 백작을 압박하였다. 마치 검이 수십 개로 늘어난 듯한 착각에 빠지게 하는 그런 검이었다.

"그런다고 내가 속을 줄 아는가?"

"그 입. 찢어주지."

쌍검을 휘두르면서도 연신 이것저것 간섭을 해대고, 심장의 박박 긁어내는 송곳 같은 독설에 벤투스 후작의 얼굴이 일그러지며 외쳤으나, 그런다고 입을 닫을 롬멜 백작이 아니었다.

하지만 롬멜 백작은 지금 서서히 힘이 빠져가고 있었다. 다쳤던 상처에서 피가 흘러내렸고, 조금씩 아물어 가던 상처가 덧나 더 크게 벌어지고 있었다. 가랑비에 옷 젖는다고 가끔씩 시야가 흐릿해지고, 갑자기 손아귀에 힘이 빠졌다.

"하아앗!"

콰아앙!

내리쳤던 검이 힘없이 튕겨져 나갔다.

"크큭! 이제 힘이 빠졌던가?"

벤투스 후작의 놀림 같은 말이 흘러나왔고, 그의 검은 독사의 혓바닥처럼 변해 집요하게 롬멜 백작의 심장과 목을 노렸다.

"큭! 흰소리는. 그냥 덤벼!"

"닥쳐!"

하는 말마다 벤투스 후작의 심장을 벅벅 긁어대는 롬멜 백작이었다. 지금까지 그나마 냉막한 얼굴로 평정을 유지하던 벤투스 후작의 검이 변했다. 짜증이 난 것이었다.

이길 수 있는데. 당장에라도 목을 베어 꺼꾸러뜨릴 수 있음에도 될 듯 될 듯하면서도 여전히 버티고 있는 상대에 대해서 짜증이 났고, 절대로 자신을 배반하지 않을 것 같던 검이 배반할 것 같다는 것에 화가 났다.

냉정이 깨진 벤투스 후작.

이전보다 두 배는 됨직한 길다란 오러 블레이드가 시전되었고, 방패의 모서리는 날카롭게 빛나는 오러가 담겼다. 그때 벤투스 후작을 향해 다가오는 두 개의 마상 장검.

벤투스 후작의 검이 휘둘러지고 방패가 방어보다는 공격을 위해 움직여 다가오는 두 개의 마상 장검을 향해갔다.

세상에 못 자를 것이 없는 오러 블레이드.

차자자장!

하나, 자르지 못했다. 비록 상대에게 커다란 충격을 주기는 했지만 혹은 상대의 무기에 가느다란 홈집을 주어 검의 이가 조금 빠졌지만 여전히 상대의 검은 건재했고, 피를 흘리고 있지만 상대의 목은 여전이 빳빳하게 달려 있었다.

"이……."

벤두스 후삭의 얼굴이 흉신악살처럼 구겨졌다.

"죽어! 죽으란 말다! 죽어!"

쾅! 쾅! 쾅! 쾅!

이제는 오러 블레이드고 혹은 형식이고가 없었다. 단순무식하게 위에서 아래로 검을 휘둘렀고, 우상에서 좌하로 방패를 휘둘렀다. 그러함에 롬멜 백작은 조금씩 뒤로 물러났다.

그리고 롬멜 백작의 양손에 쥐어진 마상 장검에서는 무언가가 조금씩 떨어져 나가고 있었다.

롬멜 백작의 눈이 흐려졌다. 언제나 굳건하게 버텨주던 손아귀가 흐물흐물해 졌다. 그러다 문득 과거 지금의 자신이 있게 해준 국왕 폐하와의 첫 만남이 생각났다.

롬멜 백작의 눈이 아련해졌다. 이제는 정말 힘이 없었다.

'여기까지인가 보구나. 하하하!'

"크하아압!"

그 순간 롬멜 백작의 눈이 반짝이면서 정신없이 검과 방패를 내려치고 있는 벤투스 후작을 향해 폭사했다.

"흐읍!"

순간 벤투스 후작의 동공이 커졌다. 하지만 그뿐이었다. 그의 입에는 잔인한 미소가 매달렸다.

콰아아아앙!

먼지가 일었다.

휘영청 밝은 만월이 한창 솟아 그 밝은 빛을 뿌리고 있는 가운데 벤투스 후작의 검과 방패 그리고 롬멜 백작의 이가 잔뜩 빠진 마상 장검이 부딪혔다. 주변을 환하게 밝힐 정도의 빛이 터져 나왔고, 땅거죽에서 솟아오른 부유물이 허공을 노닐었다.

벤투스 후작과 롬멜 백작.

벤투스 후작의 검은 롬멜 백작의 가슴을 관통하고 있었다. 왼손으로 내려치던 롬멜 백작의 검은 벤투스 후작의 방패에 막혔으나 오른손으로 횡으로 그은 검은 벤투스 후작의 옆구리에 박혀 검붉은 피를 머금고 있었다.

"하, 한 칼 먹으니 아프… 끄으윽!"

벤투스 후작에게 말을 하려던 롬멜 백작의 입에서 고통스런 신음이 흘러나왔다. 벤투스 후작이 검을 비틀었기 때문이다.

투욱!

힘이 없었는지 롬멜 백작의 양손이 검에서 떨어져 내렸다. 하지만 롬멜 백작은 여전히 두 다리고 굳건하게 서 있었다. 굽혔던 무릎을 펴고 당당하게 일어서고 있었다.

촤하아악!

벤투스 후작의 검이 빠져나왔다. 그에 분수처럼 뿜어져 나오는 검붉은 핏줄기.

"아, 프, 구, 나……."

그 말과 함께 고개를 떨구는 롬멜 백작이었다. 그는 결코 무릎을 꿇지 않았다. 그 모습에 벤투스 후작의 눈가가 씰룩였다.

"무릎을 꿇어라……."

검을 들어 롬멜 백작의 무릎을 향했다.

휘이잉!

바람이 불었다.

뜨겁고 진득한 피 냄새가 가득한 바람이 불자 롬멜 백작의 신형이 진동하더니 서서히 뒤로 넘어가고 있었다. 무릎이 잘렸으나 롬멜 백작은 여전히 무릎을 꿇지 않았다.

그 모습에 어금니를 꽉 깨무는 벤투스 후작이었다. 그의 붉게 물든 눈동자가 여전히 옆구리에 박혀 있는 마상 장검에게로 향했다. 그리고 거침없이 그 장검을 뽑아 들었다.

푸화아악!

핏줄기가 터져 나왔다.

까득!

어금니를 갈아붙이는 벤투스 후작.

"후작 각하! 상처를."

흉험한 격전이 끝났음을 아는지 어느새 부사령관인 첸들러 백작이 다가왔다. 그의 모습도 결코 편안한 모습은 아니었다. 여기저기 핏물로 풀 플레이트 메일이 더럽혀져 있었고, 검에는 털어내지 못한 핏방울이 흘러내리고 있었다.

"상관없다. 전황은?"

"악착같습니다."

신음같이 내뱉는 첸들러 백작의 말에 그럴 줄 알았다는 듯이 가볍게 죽어 있는 롬멜 백작을 일별한 벤투스 후작의 입이 열렸다.

"항복하지 않으면 모두 벤다."

"모두… 입니까?"

"살려서 적을 만들자는 것인가? 저것을 보고도?"

벤투스 후작이 가리키는 곳.

그곳에는 악착같이 덤벼드는 폴라리스 왕국이 병사들과 왕국민이 있었다. 자신들의 지휘관이 죽으면 으레 스스로 무기를 버리고 항복하는 여타의 왕국민과는 전혀 달랐다.

그들은 자신들을 이끄는 지휘관이 죽음에 오히려 더욱더 발악하듯이 덤벼들고 있었다. 한 팔이 잘리면 다른 한 팔로, 그 팔이 달리면 몸을 굴려서라도 아니면 입을 물어서라도 몸에 꿰뚫리면 두 손으로 검을 잡아서라도 어떻게 해서든지 반항하고 있었다.

한 편의 지옥도가 펼쳐지고 있었다.

이스턴 왕국의 병사들도 질려가고 있었다. 무기도 들지 않은 왕국민을 죽여야 했고, 죽이고 나면 어린 소년의 일굴이 튀어나왔다.

"명을… 따르옵니다."

그날 제네시스 성은 함락되었다. 폴라리스 왕국 병사 20만 중 살아남은 병사 3만. 성에 살던 왕국민 13만 중 생존한 왕국민 10만.

개국 초창기부터, 아니, 베르누크가 세상에 걸음을 옮긴 후 가장 먼저 휘하로 두어 폴라리스 왕국이 되기까지 열과 성을 다했던 롬멜 백작 사망. 그 외 지휘관 다수 사망.

이스턴 왕국의 50만 병력 중 살아남은 병력은 32만.

양측 사망자 총합 38만.

아침나절부터 시작하여 다음 날 새벽까지 이어진 공성전에서 도합 38만의 사상자가 발생하였다.

그리고 히르센 왕국의 최후의 비밀 병기로 간주되었던 마스터 홀리오스 벤투스 후작의 등장.

히르센 왕국의 기습적인 진공은 전쟁의 양상을 새롭게 변화시키고 있었다.

"롬멜 백작이 전사해?"

"…그렇사옵니다."

"……."

베르누크의 물음에 카림이 답을 했다. 그 답을 듣는 베르누크는 말이 없었다. 그저 굳은 표정으로 있을 뿐이었다.

"누가?"

"히르센 왕국이 마스터 홀리오스 벤투스 후작이옵니다."

"어떻게 죽었대?"

"마지막에 벤투스 후작이 옆구리에 장검이 깊숙이 박힐 정도의 상처를 입혔다 하옵니다."

카림의 말에 베르누크의 눈가가 파르르 떨리고 입술이 바들바들 떨리며 아주 미세하게 말아 올라갔다.

“그리고 결코 무릎을 꿇지 않았다 하옵니다. 20만의 병력
중 3만 만이 살아남았사옵니다. 적 또한 18만의 병력을 잃었
다 하옵니다.”

“대처는?”

“구데리안 공작께서 전선을 형성하고 있사옵니다. 제네시
스 성과 마주 보고 있는 골디혼 평원에 진형을 꾸렸사오며 지
금 공격 준비 중에 있사옵니다.”

가타부타 말이 없는 베르누크였다. 베르누크는 그렇게 한
참 동안 말이 없었다. 무거운 정적이 지휘부 막사를 짓눌렀으
나 누구 하나 입을 여는 사람은 없었다.

“왕비.”

“예~”

그러다 불현듯 베르누크는 곁에 있던 왕비를 불렀다. 무인
가 결정한 듯한 그의 표정이었다.

“이스턴을 왕비께서 맡아주셔야 겠소.”

그 말은 자신이 히르셴이 있는 곳으로 가겠다는 것을 의미
했다.

“알겠사옵니다.”

“카림!”

“하명하시옵소서.”

허리를 굽혀 명을 받는 카림이었다.

“구데리안 공작과 베인 후작의 위치를 바꾸고, 바티스타 백작과 브레이커 백작과의 위치를 바꿔야 할 듯하오.”

“위치만 바꾸면 되옵니까?”

“아무 말 없이 먼저 간 롬멜 백작을 혼내줘야 하지 않겠나? 이스턴은 내가 없어도 충분할 것 같아서 말이지. 왕비가 있고, 구데리안 공작이 있고, 바티스타 백작이 있으니 말이야.”

“명을 따르옵니다.”

평소보다 조용한 명령이었지만 그 속에는 많은 것이 함축되어 있었다. 분노도 있었고, 아쉬움도 있었으며, 연민도 있었고, 그리움도 있었다. 그것을 알기에 그것을 끝으로 의자에 깊숙이 몸을 묻는 베르누크를 두고 모두가 자리를 피했다.

지금은 혼자 있을 때였다.

트윈 아이언 성에서 몇 십만의 병력을 잃어 진혼제를 지낸 지 불과 며칠이었다. 평소 병사들과 왕국민에 대하여 그 마음이 각별했던 베르누크라면 롬멜 백작의 죽음은 상당히 큰 충격으로 다가오고 있었다.

왜냐하면 가장 먼저 휘하의 귀족으로 거느렸던 자가 바로 롬멜 백작이었다. 그와의 지나온 시간이 주마등처럼 스쳐 지나가고 있었다. 푹 숙여져 있는 베르누크의 고개가 어느덧 뒤로 젖혀지며 군막의 천정을 바라보는 베르누크의 눈동자였다.

"거참. 사람하고는. 쉬고 싶으면 쉬고 싶다고 할 것이지. 그래도 마스터의 옆구리에 칼침을 놓고 갔으니 나중에 타박은 하지 않겠네. 다만, 경이 먼저 쉬니 조금은 허전하구만."

그렇다 허전하고 아쉬웠다.

검을 잡음에 언젠가는 검으로 죽는 것이 일상인 기사이다. 하기에 항상 죽음을 예감하는 것이 기사들의 일생 중 하나라 할 수 있었다. 그래서 언젠가는 가까운 이들도 죽을 것이라 생각하고 있었다.

하지만 막상 가까운 이들이 하나둘 전장에서 죽음을 맞이하자 생각과는 달리 마음 한쪽 구석이 아려오고 있었다. 나이가 들었음에도 그 감정이라는 것은 여전히 수그러들지 않고 있었고, 오히려 당연함에도 불구하고 쓰려왔다.

그때 막시의 문을 열고 왕비기 들어왔다. 왕비의 복장이 이닌 풀 플레이트 메일에 검을 옆에 차고, 절도있는 행동이었으나 막사의 문을 열고 들어오는 왕비의 모습이 위안으로 다가오고 있었다.

테레지아 왕비는 조용히 베르누크의 옆에 앉았다. 그리고 베르누크의 손을 잡았다. 말은 없었지만 손에 흐르는 따뜻한 온기만으로도 베르누크는 그 아픔이 치유되는 듯한 감정을 느꼈다.

"이번에 가면 롬멜 백작을 혼 좀 내줘야겠어."

"짊어질 흙의 무게를 많이 돋워 어깨를 무겁게 해주세요. 땀을 뻘뻘 흘려 혼쭐이 나게 말이지요. 주군이 살아 있는데 그런 주군을 버리고 먼저 간 사람은 혼이 나야 해요."

그에 베르누크가 슬며시 웃었다.

먼저 간 자를 혼내라 한다.

그리고 아주 커다란 봉분을 만들라 했다. 무거워서 땀을 뻘뻘 흘리도록 말이다. 가슴에 와 닿은 만큼 쓰려왔다. 준비되지 않은 마음이 말이다. 씁쓸하게 웃음을 짓는 베르누크였다.

"나는 이 전쟁을 빨리 끝냈으면 하오. 그래서… 모든 것을 잊고 살고 싶소."

"어디쯤에서 숨어 살까요?"

테레지아 왕비는 권력을 쥐고 싶지 않았다. 성정 자체가 담백하기 그지없었으니 말이다. 보통의 왕비라면 국사를 논하거나 혹은 장래의 왕국에 대하여 근심할 것이나 테레지아 왕비는 그러지 않았다.

"그건 뭐, 카림이나 레너드가 걱정해야 할 듯하오. 짐이 남으라 명을 해도 따라올 사람들이니 말이오."

베르누크의 심정이 어느 정도 안정이 됨을 느낀 탓인지 테레지아 왕비는 베르누크의 손 위에 자신의 또 다른 손을 올리고 웃음기 띤 얼굴로 말했다.

"쉬십시오. 이스턴은 걱정하지 않으셔도 됩니다."

"히르센은 아마도 상당히 많은 핏값을 물어야 할 것이오."

"그러셔야지요. 그래야 대폴라리스 왕국의 국왕이지요."

테레지아 왕비는 베르누크를 배려해 줬다. 오히려 당연하다는 듯이 등을 떠밀고 있었다. 그렇게 물러나는 테레지아 왕비의 모습을 바라본 베르누크의 입에서는 탄성과도 같은 말이 흘러나왔다.

"나는 정말 행복한 놈이로구나."

늦게 찾아온 사랑만큼이나 20대처럼 열정적이지는 않았어도 서로를 존중하고 끊임없이 배려를 해주고 있었다. 그렇게 흐뭇한 미소를 짓고 있던 베르누크의 안색이 테레지아 왕비가 사라짐에 얼굴이 굳어지며 이내 손가락을 튕겼다.

그러자 베르누크의 전면으로 나타나는 뚜렷한 이미지. 그 이미지 속에는 바로 카이시스 대공이 있었다.

"늦은 시간에 어인 일이시옵니까?"

베르누크에게 있어서 드래곤이기 이전에 7서클의 대마법사인 카이시스 대공의 진중한 목소리가 흘러나왔다.

"아무래도… 정보가 새어 나가고 있는 것 같습니다."

"정보라……. 혹 이번 롬멜 백작의 죽음도?"

무언가 생각나는 것이 있는지 카이시스 대공이 묘한 여운을 남기며 물어왔다. 그에 베르누크 역시 진중하게 고개를 끄덕였다.

"단편적인 것이 아닌 상세하고도 광범위할 것이라 판단됩니다."

"상세하고도 광범위하다라. 마탑과 기사들 혹은 핵심 귀족 계층이 모두 연루되었다고 보시는 것이옵니까?"

끄덕!

말없이 고개를 끄덕인 베르누크였다.

"그렇지 않고서야 어찌 롬멜 백작이 그리도 쉽게 무너졌겠습니까? 단단하게 맞물려 가는 작전이었습니다. 3일의 상간. 그 짧은 이동 시간마저 적들은 계산하고 있었다는 것은 상당히 많은 것을 의미하기 때문입니다."

그러했다.

작전에 있어서 3일이면 촌각의 시간이라 할 수 있었다. 거기에 3일이라는 것은 폴라리스 왕국의 장점인 기동력을 최고로 살린 작전이었음에도 그 틈을 이용하여 전격적으로 제네시스 성을 기습한 히르센 왕국.

그것은 누구의 도움 없이 해낼 수 있는 그런 작전이 아님을 아무리 작전을 모르는 자라 할지라도 그냥 알 수 있는 것이었다. 그리고 그러한 고급 군사 기밀이 흘러 들어갔다면 그것은 단순히 한 명에 의한 첩보 활동이 아님을 추측할 수 있었다.

"그들을 잡아내옵니까?"

"아니. 역정보를 흘렸으면 합니다."

"역정보라……."

"95%의 진실과 5%의 거짓을 섞어서 말입니다."

베르누크의 말에 무엇을 생각했는지 카이시스 대공의 미소가 짙어졌다.

"재미있을 것 같사옵니다."

"정교한 마법진처럼 정확하게 들어맞아야 합니다."

"마법진이라면 저의 전공이 아니겠사옵니까?"

카이시스 대공은 무척이나 재미있다는 듯이 말을 하고 있었다. 그의 머리에는 이미 롬멜 백작의 죽음 따위는 없어진지 오래였다. 그것이 바로 인간과 드래곤의 차이이니까 말이다.

"세부적으로는……."

이어서 서로 작전을 이어가기 시작하는 베르누크와 카이시스 대공이었다. 그 둘의 대화는 상당히 오랫동안 계속되었고, 검은 밤이 서서히 물러나는 시간까지 계속되었다.

"이 사실은 대공과 저만 아는 것으로 했으면 좋겠습니다."

"물론이옵니다. 비밀은 아는 사람이 적을수록 지켜질 확률이 커지는 것이오니 말이옵니다. 하면, 저는 이만."

"수고해 주시기 바랍니다."

스스슷!

그 말과 함께 막사를 밝히던 이미지가 사라졌다. 다시 정적이 찾아온 베르누크의 막사. 베르누크는 의자에서 몸을 일으켜 막사의 밖으로 나갔다. 어슴프레 밝아오는 햇빛이 베르누크의 눈을 자극했다.

"누가 와?"

"폴라리스의 국왕이 직접 온다고 합니다."

"하면 구데리안 공작은?"

"이스턴을 친다 합니다."

부사령관인 첸들러 백작의 말에 곰곰이 생각에 잠기는 벤투스 후작이었다. 그러다 잠깐 이마에 주름을 잡았다. 폴라리스 왕국의 병사들을 생각하자 갑자기 일격을 당한 아직 다 낫지도 않은 상처가 욱신거렸기 때문이다.

"폴라리스의 국왕만이 오는가?"

"이스턴으로 향했던 베인 후작과 브레이커 백작 역시 참전한다 합니다."

"크으음."

결국 침음성을 흘리고야 마는 벤투스 후작이었다. 롬멜 백작에 대해서는 익히 들었다. 또한 베인 후작이나 브레이커 백작 역시 익히 들어서 알고 있었다.

특히 자신과 결전을 벌였던 롬멜 백작은 마스터가 아님에도 불구하고 자신에게 커다란 상처를 안겨주었고, 하루 동안 이어진 전투에서 병사들이나 왕국민이나 누가 강요하지도 않았음에도 불구하고 포기를 몰랐고, 항복을 몰랐다.

지금도 제네시스 성을 점령했으나 폴라리스 왕국의 병사들과 왕국민들은 히르센 왕국에 항복하지 않고 있었다. 또한, 제네시스 성을 점령했을 때 식량을 적에게 넘겨줄 수 없다 하여 식량창고를 불태우고 우물에 독을 넣었다.

이미 그들은 죽기를 각오한 것이었다. 그러한 그들이기에 특별 병력을 동원하여 13만에 이르는 그들을 수용소에 가두어 감시고 있는 것이었다. 그런데 그러한 자들의 왕이 온다는 것이었다.

“대책이 안 서는군. 후방 지원은?”

“레인 백작이 이끄는 후속군 30만이 왕도를 출발했다 합니다.”

“젠장!”

희소식임에도 불구하고 벤투스 후작의 입에서는 육두문자가 흘러나왔다. 그가 이리도 육두문자를 내뱉으며 화를 낸 것은 성을 점령하는 즉시 성에서 이탈하여 전선을 끌어 올려야 하거늘 입은 피해가 막심하여 전선에 돈좌한 것 때문이었다.

하루 이틀이면 어떨까 싶었지만 상대는 백전노장의 구데리안 공작이었다. 구데리안 공작은 골디혼 평야에 견고한 방어벽을 쌓아 뒀다. 보는 것만으로도 질릴 그런 견고한 방어벽을 말이다.

언감생심 수를 믿고 밀고 들어갔다가는 뼈도 못 추릴 것 같은 그런 방어벽을 구축함에, 제네시스 성에서 후속군이 도착하기를 기다릴 수밖에 없는 답답한 상황에 화가 난 것이었다.

그에 아직도 분이 풀리지 않은 벤투스 후작은 자리에서 일어나 골디혼 평야를 바라보았다. 압도적인 병력이거나 혹은 계략을 쓰는 수밖에 없었다. 계략이라 함은 바로 지휘관이 바뀌는 그 시간을 이용함이겠으나 그것도 용이치 않은 것이 사실이었다.

듣거나 혹은 조사해 본 바로는 폴라리스 왕국의 국왕은 일반적인 귀족이나 국왕의 범주에서 생각해서는 안 될 인물이었다. 국왕의 자리에 있음에도 불구하고 병사들과 같이 생활하고 훈련 받고 그들과 같이 식사하는 국왕은 없으니 말이다.

"저곳을 어찌 공략한다……."

곰곰이 생각에 잠기는 벤투스 후작의 모습에 잠시 침묵을 지키고 있던 첸들러 백작이 조심스럽게 입을 열었다.

"어차피 군을 이끌고 오던지 아니면 핵심 지휘부만 바뀌던지 그들이 이동하는 잠깐 사이에는 지휘계통의 공백과 함께 병력의 공백이 생기는 것은 확실하지 않습니까?"

"그렇지."

"또한 정보에 의하면 많은 수는 아니나 다수의 용병들 역시 고용했다 합니다."

"용병?"

"그러합니다."

"그렇군."

벤투스 후작은 지금 첸들러 백작이 무엇을 말하는지 잘 알고 있었다. 지금 첸들러 백작은 용병이라는 것에 초점을 맞추고 있었다. 용병이라는 것이 어느 왕국에 국한되어 활동하지는 않는다.

용병을 모집한다면 분명 이스턴이나 혹은 히르센에서 활동하는 용병들 역시 지원할 것이다. 지금과 같은 전란의 시대에 한몫 크게 잡고자 하는 전쟁 용병들이 많으니 말이다.

"누구를 보냈으면 좋겠는가?"

벤투스 후작은 앞뒤 자르고 단도직입석으로 물었다.

"현재 이곳에 있는 병력으로는 어렵고 아국의 정보국에서 완벽하게 신분을 만든 후에 투입하는 것이 어떠합니까? 지금이 전쟁 중이라고는 하나 그들이 바보가 아닌 이상 용병들 중에 간자가 섞여 있다는 것을 모를 리 없으니 말입니다."

딴에는 첸들러 백작의 말이 맞았다. 하지만 벤투스 후작은 그리 생각하지 않았다. 물론 철저하게 준비하는 것도 좋겠으나, 지금의 폴라리스 왕국이 과연 그럴 만한 여력이 있을지에 대하여 의문을 가질 수밖에 없었다.

일단은 가장 주안점을 두는 것은 바로 용병의 모집이었다. 화살받이 이상의 목적이 있는 용병이 아니다. 그런데 그러한 용병을 모집한다는 것은 이스턴과 히르센의 두 왕국과 전쟁을 치르느라 병력의 동원에 있어서 한계에 부딪혀 있다는 것을 증명하는 것이었다.

그런데 그러한 그들이 과연 그 몰려드는 용병 모두를 하나하나 뒷조사를 해볼 수 있겠느냐하는 생각이었다. 일이백 명도 아니고 만 단위가 넘어가는 용병들을 모집한다면 그 사실은 분명했다.

"뒷일은 아국의 정보국에 맡기고 일단은 이곳에서 뽑아 보내도록 하는 것이 옳을 듯하군. 그것도 상당히 대단위로 말이지."

"위험하지 않겠습니까?"

"쪼개면 되지."

간단하게 말을 했지만 그것은 그리 간단한 일이 아니었다. 적어도 적중에 들어가 반란이나 혹은 계략을 꾀하기 위해서는 그에 걸맞은 인원이 필요하고 적정하게 계략을 꾀할 수 있는 인물이야 했다.

아무나 들여보낼 수는 없는 법이니 말이다.

"생각해 보니 한 명이 있군."

"누구… 말씀이십니까?"

“이곳 서부 출신으로 과거 용병으로 이름이 있던 귀족이
한 명이 있지.”

“혹 암스트롱 자작을 말씀하시는 것입니까?”

“그가 아니라면 누가 있겠는가?”

암스트롱 자작이라면 충분히 가능했다. 과거 1천 명에 이
르는 대단위 용병단을 운영했었고, 제국의 남부에서 꽤나 유
명했던 샤벨 타이거 용병단의 단장이었으니 말이다.

물론 그가 지닌 진신 실력 역시 무시할 것이 못되었다. 거
기에 배짱과 그를 따르는 자 중에 책사형 용병과 마법사들까
지 있으니 그 세력이 만만치 않음은 분명했다.

하지만 히르센 왕국의 귀족들은 그를 배척했다. 다른 이유
가 있어서가 아니라 그가 용병 출신이라는 점 때문이었다. 물
론, 로드리게스 국왕 폐하를 따라 다니며 혁혁한 전공을 세웠
지만 그뿐.

그 이상도 이하도 아닌 자가 바로 암스트롱 자작이었다.

“그가 용병 출신이기는 하나……..”

말끝을 흐리는 첸들러 백작의 말에 슬쩍 그를 곁눈질로 본
벤투스 후작은 담담하게 말을 이었다.

“그가 아니면 누가 할 것인가? 과연 적중으로 들어가 간자
의 역할을 수행할 담력이 있는 귀족들이나 기사가 있을까? 그
리고 용병을 뽑는데 기사들이나 귀족을 파견한다면 그들이

과연 적의 눈을 피할 수 있을 것이라고 생각하나?"

"그것이 아니라……."

역시 미덥지 못하겠다는 표정으로 말을 흐리는 첸들러 백작이었다. 영 께름칙한 표정이었다.

"아국의 귀족들은 그것이 잘못되어 있다. 과거의 역사이니 솔직하게 말을 하자면 과연 히르센 제국이 왜 망했다고 생각하나? 용병들 때문에 망했던가? 제국이 망한 것은 귀족들과 기사들이 잘못해서 망한 것이다. 그것을 모르는 귀족과 기사들은 없다. 한데, 왜 그 잘못을 용병들에게 덮어씌우는가? 아직도 정신을 못 차린 것인가? 아니면 아직도 아국이 제국과 똑같다고 생각하는 것인가?"

"어이 그런 말씀을."

심히 불쾌하다는 듯이 말을 하는 첸들러 백작이었다. 분명 불쾌했다. 하지만 너무나도 정확한 말이었다. 애써 부정했지만 말이다. 그리고 애써 부정한 덕택에 지금 이스턴과 히르센 왕국은 폴라리스라는 왕국과 전쟁을 치르고 있었다.

아직도 제국의 잔재는 지워지지 않았다. 세월이 앞으로 얼마나 더 흘러야 될지 모르겠으나 폴라리스 왕국을 제외하고는 제국의 망령은 그대로 남아 있었다.

아니, 폴라리스 왕국에서조차도 제국의 망령은 그대로 남아 있었다. 남아 있지 않았다면 폴라리스 왕국에 대한 그 어떤 정보도 흘러나오지 않았을 것이다. 특히나 승패에 상당한 영향을 끼치는 이런 고급 정보는 말이다.

"나는 백작에게 부탁을 하는 것이 아니다. 폴라리스 왕국을 병탄할 히르센 왕국의 총사령관으로서 명령을 내린 것이다. 또한, 지금 이 자리는 왕국의 행정을 처리하는 회의실이 아닌 50만의 대군을 이끄는 군 사령부라는 것을 잊지 않았으면 좋겠군."

무표정하고 무감정한 목소리로 나직하게 으르렁거리는 벤투스 후작의 말에 첸들러 백작은 등줄기에 식은땀을 흐리고야 말았다. 벤투스 후작은 원래 이런 사람이라는 것을 또 잊고 있었다.

그는 왕국의 국왕 폐하께서도 함부로 대하지 않는 마스터었다. 또한 전쟁에 관한 모든 권한을 벤투스 후작에게 일임하였다. 전격적이고 전폭적인 지원이 아닐 수 없었다.

"며, 명을 따릅니다."

군기가 바짝 들은 모습으로 부동자세를 취하는 첸들러 백작을 바라보지도 않고, 벤투스 후작의 입이 열렸다.

"좋군. 항상 명심해야 할 것이네."

"알겠습니다."

"일주일, 일주일 이내로 모든 편제를 마치고 투입시키도록 하게. 또한 암스트롱 자작에게는 내가 좀 보잔다고 전하고."

"명!"

첸들러 백작이 황급히 집무실을 나갔다. 그러거나 말거나 여전히 뒷짐을 진 채 골디혼 평야를 바라보고 있는 벤투스 후작이었다.

"자아~ 폴라리스의 국왕 베르누크 아이젠이여. 어찌 나올 것인가? 내가 한 발 빨리 움직였는데 말이지. 크크크."

무엇이 그리 재미있는지 얼굴을 일그러뜨리며 웃음 짓는 벤투스 후작이었다. 그의 등에는 후끈한 살기와 함께 투기가 올라오고 있었다.

CHAPTER
05
속임수

Knight King

히르센 왕국과 맞서고 있는 폴라리스 왕국 진영.

이스턴 왕국과의 전쟁에 투입된 100만 대군으로 인하여 그
여력이 남아 있지 않아서인지 지금 히르센 왕국과 맞서고 있
는 폴라리스 왕국의 진영에는 고작 20만이라는 병력이 다였
다.

그러한 병력의 열세를 만회하기 위해서인지 지금 폴라리
스 왕국은 대대적인 용병을 모집하게 되었으며 전쟁 중임에
도 불구하고 정연해야 할 폴라리스 왕국의 진영은 마치 시장
바닥처럼 시끌벅적했다.

그중 단연 돋보이는 용병들이 있었으니 무려 6천이라는 대규모 용병단으로 과거 제국 시절부터 그 성세가 대단하여 대륙의 곳곳까지 누비던 샤벨 타이거 용병단이 바로 그들이었다.

최근 제국이 망하고 네 개의 왕국으로 나뉘고 다시 세 개의 왕국이 되기까지 그들의 활약은 상당했는데 어느새 전문적으로 전쟁에만 참여하는 전쟁 용병으로 그 명성을 날리고 있었다.

그러한 성세를 이어가는 지금의 샤벨 타이거 용병단을 이끄는 단장은 2대 용병 단장으로 피의 학살자 게레로라 불렸으며, 용병으로서는 보기 드물게 상급에 이르는 실력자였다. 그런데 최근 초대 용병 단장을 역임했던 샤벨 타이거 암스트롱이 다시 복귀하면서 다시 활력을 되찾고 있었다.

물론 2대 용병 단장인 피의 학살자 게레로가 용병단을 제대로 관리하지 못했다는 것은 아니다. 하지만 초대 용병 단장만큼의 영향을 가진 것은 아니었다.

비록 피의 학살자라 불릴 정도로 그 위명이 대단한 게레로였으나 용병단의 명칭인 샤벨 타이거라는 명칭을 자신의 호칭으로 사용하고 있는 초대 용병 단장 샤벨 타이거 암스트롱에 비하면 많이 모자란 것은 사실이었다.

"호오~ 역시 폴라리스 왕국인가?"

족히 2미터는 되어 보이고 단단한 바윗덩어리를 연상케 하는 덩치에 완벽하게 밀어버린 머리. 그리고 까칠하게 돋아난 하얀 수염과 함께 오른쪽 볼에 그려진 X자 모양의 상처까지 완벽한 3류 용병과 다르지 않은 인상의 용병이 짐짓 감탄스럽다는 듯한 탄성을 내뱉었다.

"무패의 신화를 기록한 폴라리스 왕국이유. 그것이 소문이든 아니든 간에 그러한 말이 떠돈다는 것은 그럴 만한 충분한 이유가 있는 것 아니겠수?"

목 뒤까지 오는 길고 떡 진 머리. 차갑게 빛나는 눈동자와 가늘게 이어지는 눈매. 180 정도의 키에 단단하게 뭉쳐 있지는 않지만 잘게 갈라져 있는 근육으로 날렵하게 보이는 용병의 입에서 의외로 차가워 보이는 모습과는 전혀 다른 걸걸한 목소리가 흘러나왔다.

분명 2미터에 이르는 단단한 바윗덩어리를 연상케 하는 자와는 상당한 차이가 있었으나, 전체적으로 날카롭고 냉정하게 보이는 그 둘의 조합은 묘하게 어울리고 있었다.

그 묘하게 어울리는 조합을 가진 두 용병은 다름 아닌 당대 샤벨 타이거의 수장인 피의 학살자 게레로와 전대 샤벨 타이거의 수장인 샤벨 타이거 암스트롱이었다.

"음? 저들은 누구지?"

괴력의 암스트롱이 바라보는 곳.

그곳에는 샤벨 타이거와는 비할 바가 아니나 대략 4천 남짓한 용병 무리가 있었다. 그들은 나름의 상당한 전쟁 이력이 있는지 질서 정연했고, 용병단을 알리는 깃발까지 있었다.

그 깃발은 검붉은 바탕에 황금색으로 미쳐 날뛰는 늑대의 모습을 한 깃발의 문양이었다. 한 번 봄에 미친 늑대임을 분명히 알 수 있을 만큼의 대단한 솜씨였다.

"보면 모르우. 미친 늑대 새끼들이지."

"호오~ 아직도 살아남아 있었나?"

샤벨 타이거 암스트롱의 놀랍다는 반응에 차가운 미소를 띤 피의 학살자 게레로가 무언가 피 냄새가 진득하게 묻어나는 목소리로 말을 이었다.

"미쳐 돌아가는 세상. 미친놈들이 살아남는 것 아니겠수."

"클클, 그러한가? 어쨌든 우리 용병단을 제외하고는 저 미친 늑대들이 가장 큰 용병단이겠군. 일단 가서 인사라도 나누지."

말은 당대의 용병 단장을 우대하여 권고하는 모양새였으나 이미 암스트롱의 몸은 크레이지 울프 용병단을 향해 움직이고 있었다. 그에 게레로 역시 별로 신경 쓰지 않는다는 듯이 그 뒤를 휘적휘적 걸어가고 있었다.

마치 당연하다는 듯이 말이다.

그러한 두 거물이 움직이자 그 둘의 뒤를 따르는 6천의 용병들이었다. 자유분방하여 전혀 한 무리 같지 않던 6천의 용병이 움직이자 거대한 파도가 생성되었다.

결코 무시할 수 없는 그런 거친 파도 말이다. 술렁이던 용병들의 진영이 갑자기 조용해졌다. 이곳에 운집해 있는 용병들은 본능적으로 알고 있었다. 두 개의 파도가 용병들을 이끌 것이라는 것을 말이다.

암스트롱과 게레로가 걸어가고 있는 곳에는 예의 자유분방함 속에서 날카로운 기세를 유지하고 있는 크레이지 울프 용병단이 미친 눈깔을 희번득거리며 다가오는 샤벨 타이거 용병단을 바라보았다.

"여기 단장이 누구지?"

암스트롱의 묵직한 음성이 크레이지 울프 용병단을 향해 으르렁거렸다. 그 기세에 움츠러들 만도 하니 역시 만만치 않음인가 되돌아오는 대답 역시 만만치 않았다.

"켈켈, 남쪽 새끼들인가?"

"남쪽 새끼들?"

게레로의 눈썹이 살짝 올라갔다. 가만히 있어도 차갑게 보이는 얼굴이 더욱 차갑게 변하며 마치 살얼음이 낀 듯 보였다. 하지만 여전히 크레이지 울프 용병단에 속한 것처럼 보이는 용병은 별것 아니라는 듯한 표정으로 이죽거렸다.

"왜 한번 붙어보게?"

씨익 웃으면서 꺼내든 단검을 혀로 핥는 용병. 이것은 의독적인 도발이라 할 수 있었다. 한마디로 용병들 사이에서 첫인사를 나누는 것이었다. 이른바 간보기 정도이다.

"크레이지 울프 용병단에서 방귀 깨나 뀌는 놈인가 보구만. 면상이나 부비 자고 왔으니 시답잖은 꼬라지 말고 대가리나 알려줘."

역시 노련한 암스트롱이었다.

그럴 수밖에 없는 것이 남부와 북부의 용병은 질적으로 다르다. 남부는 귀족문화가 발달해서인지 용병들 중에는 전직 기사나 혹은 자유 기사 또는 몰락한 귀족들이 상당수 포함되어 있었다.

그런 만큼 같은 용병이라 할지라도 상당히 교양이 있는 용병으로 알려져 있는 것이 남부의 용병이었다. 그에 비하면 북부의 용병들은 거칠었다. 거칠고 포악했으며, 절대 굽히지 않는다.

경험해 보지 못한 자는 결코 북부 용병들의 무서움을 모른다. 그 척박하고 냉막한 곳에서 살아남아야 했던 북부 용병들의 처절함에 대해서 말이다. 물론 최근 폴라리스 왕국이 들어서 상당 부분 개선이 이루어지고 있으나 본래의 성정이 그리 쉽게 바뀌는 것은 아니었다.

그러한 그들의 행태를 잘 아는 암스트롱인지라 북부에 근

간을 둔 크레이지 울프 용병단 소속의 용병의 도발을 가볍게
받아 넘기고 있는 것이었다. 물론 그러한 북부 용병들의 성정
을 모르지 않을 게레로였다.

　다만, 그러한 북부 용병들의 성정을 곧이곧대로 받아들이
기에는 그들이 너무 오랫동안 남부에서만 활동해 왔다는 것
이었다. 한마디로 그들은 용병이라기보다는 자유로운 기사
혹은 타락한 기사쯤으로 보는 것이 타당했다.

　왜냐하면 이미 그들은 자부심이 가득했기 때문이다. 남부
를 대표하는 용병단이라는 자부심과 전직 기사 혹은 전직 귀
족이라는 자부심 말이다. 같은 용병이지만 북부와 남부의 용
병들은 기질적으로 많은 차이가 있었다.

　"이게 누구던가? 남부를 대표하는 샤벨 타이거의 전대 단
장과 당대의 단장이 한꺼번에 이런 누추한 곳까지 방문하고
말이지."

　그때 크레이지 울프 용병들이 좌우로 갈라지며 등장하는
인물이 있었으니 그는 다름 아닌 크레이지 울프 용병단을 이
끄는 단장 셀브린이었다. 과거 제국 시절 농민의 난에 참여했
던 크레이지 울프 용병단의 이인자.

　"내 알기로는 부단장으로 알고 있었는데?"

　"변하지 않는 것은 세월일 뿐."

　"그런가? 여튼 반갑군. 다시 보게 돼서 말이지."

암스트롱이 셀브린에게 아무것도 들려 있지 않은 손을 내밀었다. 전통의 방식. 내게 적의가 없다는 것을 알려주는 용병들만의 의식과 같은 것이었다. 셀브린은 암스트롱이 내민 손을 살짝 바라보더니 이내 그 손을 맞잡았다.

"요즘 먹고살기 힘든 모양입니다. 남부의 용병이 북부의 왕국으로 전쟁 용병으로 지원하고 말입니다."

"우리가 어디를 가든 네놈이 상관할 바가 아닐 텐데?"

무슨 억하심정이 있는지 뾰족하게 대답하는 게레로였다. 냉막한 표정과 날카로운 눈으로 시비조의 목소리는 듣는 이로 하여금 오금이 저리게 할 정도로 충분했다.

하지만 그것은 중소의 용병대의 대장이나 용병들에게나 해당되는 사항. 가진 바 실력이나 혹은 인원으로 뒤지지 않을 정도의 세력을 지닌 크레이지 울프 용병단에게는 해당이 없는 사항이었다.

거기에 억세기로 유명한 북부의 용병들인지라 그러한 게레로의 태도에 주눅이 들기보다는 오히려 더 투기를 발산하고 있는 북부의 용병들이었다.

"어이고~ 이런. 잘못하면 찔리겠구먼."

짐짓 엄살을 부리는 셀브린이었다. 하지만 말만 그렇지 셀브린의 얼굴은 그야말로 평온 그 자체였다. 그러한 표정을 바라보는 암스트롱의 얼굴에는 아주 미미한 변화가 찾아왔다.

"여튼 잘 지내봅시다. 폴라리스 왕국은 용병에 대해 관대하니 살아서 만나면 더 좋고 말이오."

그 말을 남기고 등을 돌려 가버리는 셀브린. 그러한 셀브린의 등을 날카롭게 바라보는 게레로와 암스트롱.

"자네가 경솔했군."

"큼. 그렇기는 하우만 저놈의 상판떼기만 보면 울화가 치밀어서 말이우."

암스트롱의 지적에 무엇이 못마땅한지 잔뜩 인상을 구긴 채 말을 하는 게레로였다. 기실 그가 크레이지 울프의 셀브린을 미워할 이유는 어디에도 없었다.

다만, 자존심이 상한 것뿐이었다. 남부를 대표하는 샤벨 타이거 용병단의 단장인 자신이었다. 그리고 샤벨 타이거 용병딘에는 몰락한 귀족이라든지 혹은 전직 기사 출신들이 즐비했다.

거기에 인원수까지 2천여 가까이 더 많다. 그런데 겨우 북부의 촌동네 출신인 놈이 고개를 빳빳이 세우고, 자신들과 동급으로 행동하는 것을 보려니 마음에 들지 않은 것일 뿐이었다.

하지만 현직에서 조금 물러나 있었던 암스트롱은 셀브린이 이끄는 크레이지 울프 용병단이 꽤나 특이하게 다가왔다. 그것은 바로 익스퍼트 상급에 이르는 게레로의 살기를 별 힘들이지 않고 받아 넘기는 셀브린 때문이었다.

말이 상급이지, 상급이면 어디 백작가의 기사 단장을 해도 되는 실력이었다. 그런 상급의 경지에 이른 게레로의 살기를 아무렇지도 않게 받아 넘긴다는 것은 게레로보다 한 수 위의 수준이라는 것을 의미하기 때문이었다.

그것이 신선하게 다가왔다. 하지만 더 대단한 것은 냉철하기로 유명한 게레로가 마치 다혈질의 용병이 된 것처럼 변했다는 것이었다. 별다른 것도 없었다. 그런데 냉정을 잃고 분노를 드러냈다.

'놀지만은 않았다는 이야기인데……. 쯧, 어쩌면 생각보다 무서운 인물일수도.'

과거에 잠깐 보았던 셀브린이라는 자와는 전혀 달랐다. 그리고 느껴지는 굉장한 위화감과 그 속에 포함된 약간의 두려움까지 있었다. 상당히 생소한 느낌이라고 할 수 있었다.

'어쨌든 두고 보면 알겠지.'

한숨을 나직하게 내쉰 암스트롱은 끝도 안 보이는 평야를 바라보았다. 그 골디혼이라 불리는 이 평야. 과거에 몇 번이고 왔었던 장소. 노랗게 밀이 익어갈 때쯤이면 그 풍경이 너무나도 장관이었던 골디혼이라는 평야.

하지만 지금은 밀은커녕 자주 보이던 새조차 보이지 않았다. 보이는 것은 골디혼 평야 구석구석을 차지하고 있는 인간의 머리였다. 용병의 머리, 기사의 머리, 병사의 머리, 귀족의 머리 등.

그리고 암스트롱이 시선이 멈추는 곳.

그곳에는 폴라리스 왕국 진영의 중심이라 할 수 있는 곳이 있었다. 바로 지휘부가 위치한 곳 말이다. 폴라리스 왕국은 의외로 용병들에게 호의적이었다. 용병들과 병사들 사이를 엄격하게 구분하는 이스턴이나 히르센과는 전혀 달랐다.

병사들도 기사들도 용병들을 그리 꺼리지 않았다. 아니 오히려 용병들과 어울려 훈련을 하고 혹은 음식을 마시며 음담패설까지 일삼았다. 거친 이면 숨어 있는 자유분방함.

그리고 그 자유분방함 이면에 숨겨져 있는 철저한 군율. 이곳에 지원한 지 불과 며칠 되지 않았음에도 확연하게 느낄 수 있었다. 그에 암스트롱은 은연중에 잔뜩 굳은 얼굴로 고개를 주억거리고 있었다.

'이번 전쟁. 생각보다 어려울지도……'

적어도 암스트롱의 눈에 보이는 현재의 상황은 그러했다. 하지만 실망하지는 않았다. 인간이 하는 일에 완벽이라는 것은 없음이었으니 말이다. 암스트롱은 그런 자유분방한 진영을 두 발로 걸어 다니며 곳곳을 누볐다.

폴라리스 왕국군의 진영은 생각보다 운신이 자유로웠다. 왕국군이 지정한 몇 군데를 제외하고는 어디든 갈 수 있으니 말이다. 뜨끈하게 내리쬐는 오후의 햇볕 덕택에 대충 지형을 파악한 암스트롱은 용병 몇몇이 무리지어 앉아 있던 커다란 나무 그늘 아래로 들어가 몸을 기대었다.

"아우~ 무슨 놈의 날씨가 이리 덥누."

"그러게 말이여……."

"이럴 때는 시원한 계곡 물에 발 담그고 퉁퉁한 배나 두드리는 것이 최곤디."

"글킨 허다만 그게 어디 마음대로 된다냐."

열댓 명이 모여 도란도란 이야기를 나누고 있었다. 그중에는 기사로 보이는 자도 한 명 있었고, 병사로 보이는 자도 있었다. 폴라리스 왕국은 특이하게 정규군과 용병들을 혼합해 만든 혼합 병력이 존재했기 때문이었다.

하기에 이런 기사들과 정규군 그리고 병사들이 서로 얽혀 이야기하는 것은 그리 어렵지 않게 보이는 광경이었다.

"저, 그런데 기사님."

"음? 뭐 물어볼 것이 있나?"

"뭐, 그런 것은 아니고 조금 이상한 소문이 돌아서 말입지요."

"이상한 소문이라니 무어가?"

휴식 시간임에도 불구하고 여전히 풀 플레이트 메일을 벗지 않고 헬름만 벗은 채로 땀을 식히고 있는 기사였다. 암스

트롱이 보아하니 마나를 다룰 줄 아는 기사인 양 그리 힘들지
도 땀을 흘리지도 않은 모습이었다.

"저, 그것이……."

"어허! 답답하이. 냉큼 말하게."

조금 머뭇거리던 용병이 물음을 재촉하는 기사의 호통에
찔끔하더니 이내 어눌하게 입을 열었다.

"그… 저희 같은 용병이 신경 써야 할 일은 아니지만 말입
죠. 지휘부에서 의견 충돌이 있다고 하던데 말입니다요."

"흐음."

용병의 말에 기사가 잠시 입을 닫았다. 그러한 상황을 지켜
보던 암스트롱은 이게 무슨 상황인가 하고 생각하고 있었다.
지금 용병이 한 말은 결코 일반적으로 알려진 용병들의 수준
에서 물어볼 말이 아니었다.

한데, 일개 용병의 입에서 지휘부의 상황을 묻고 있는 것이
었다.

'의도적인가? 아니, 아니야. 너무 어색해. 또한 그런 어수
룩한 수로 넘어갈 내가 아님이니 말이지. 그런데 저 진중한
표정은 또 무엇이란 말인가?

암스트롱은 지금 지극히 혼란스러웠다. 과연 저 대화를 믿
어야 할지 말아야 할지 말이다.

"뭐, 소문이 날 정도면 다 알려진 상황이겠지. 기실 베인

후작 각하와 브레이커 백작 각하 간에 언쟁이 있었다고 하더군."

"언쟁이라굽쇼? 허어~ 마스터에 이른 분들도 사람은 사람인 모양입니다요."

대수롭지 않게 말을 받아 넘기는 용병이었고, 또한 대수롭지 않게 말을 하는 기사였다. 하지만 암스트롱에게는 그 말이 결코 대수롭지 않게 들리지 않았다.

'언쟁? 마스터에 이른 자들이? 무언가 있다.'

마스터에 이른 자들은 감정의 기복이 없다. 감정을 내보일 때는 철저한 계산하에 감정을 내보인다. 아무리 바보 천치라 할지라도 마스터에 오른다면 평범 이상이 된다.

왜냐하면 마스터에 오르며 겪는 바디 체인지는 육체에만 미치는 것이 아니라 바로 정신에도 미치기 때문이다. 또한 마스터라는 것이 그리 쉽게 오를 수도 없음이니 약간 모자라다 알려졌던 제이 브레이커 백작이 마스터가 되어 둘째 형이라 부르던 레너드 베인 후작과 언쟁을 했다면 그것은 결코 단순하지 않은 일이기 때문이었다.

그것을 얻어낸 암스트롱이 엉덩이를 툭툭 털고 일어섰다. 예의 기사들과 병사들 그리고 용병들은 그러한 암스트롱을 알은 채도 하지 않았다. 지금 이곳에는 채고 채는 것이 용병들이었으까.

그저 그 많은 용병들 중에 한 사람이겠거니 하는 그런 행동이었다. 서로 섞여 있는 것이 이럴 때는 상당히 좋게 작용하는 것이었다.

생각지 않게 훌륭한 첩보를 입수한 암스트롱은 이내 걸음을 재촉하여 샤벨 타이거 용병단이 있는 곳으로 걸음을 옮겼다. 그에 몇몇의 용병들이 암스트롱의 곁으로 다가왔고, 그들 역시 상당한 첩보를 물어왔는지 약간은 상기된 표정이었다.

그들의 모습에 고개를 끄덕인 암스트롱은 곧바로 샤벨 타이거 용병단의 지휘부 막사로 들어갔다. 그를 따라 샤벨 타이거 용병단을 이끄는 이들이 속속 그 막사로 모여들기 시작했다.

"자~ 대충 다 온 것 같으니 회의를 시작하도록 하지."

암스트롱이 은밀하게 말을 내뱉자 기다리고 있었다는 듯이 한명의 마법사가 외쳤다.

"사일런스!"

"좋아. 시작하도록 하지."

사일런스 마법을 펼친 마법사가 자리에 앉자 바쁘게 독촉하는 암스트롱이었다. 그에 지휘부 막사에 모인 용병은 제각각 자신들이 물어온 첩보를 이야기하기 시작했다.

암스트롱과 게레로는 주로 듣는 편이었다. 그리고 그 둘의 옆에 로브를 입고 있는 마법사로 보이는 자 역시 조용히 그것을 경청하고 있었고, 또한 로브를 입은 몇몇의 용병들은 정신없이 들려오는 첩보를 적어나가기 시작했다.

용병들의 첩보는 사소한 것부터 아주 두루뭉술한 것까지 천차만별이었다. 그냥 듣기에도 말도 안 되는 것이 있는가 하면 꽤나 신빙성이 있어 혹하는 마음이 들 정도의 첩보까지 다양했다.

그렇게 한참 동안 첩보를 토해 내던 용병들이 이내 잠잠해지기 시작했다. 그러자 그 첩보를 열심히 받아 적던 마법사들이 적은 용지를 가장 상좌에 앉아 있던 로브인에게 전했고, 그 로브인은 말없이 그 용지를 바라보며 하나하나 읽어보기 시작했다.

그러기를 한참.

마침내 그 로브인의 입이 떨어졌다.

"지금 폴라리스 왕국 진영에는 미세한 틈이 있습니다. 그 틈은 바로 폴라리스 왕국의 국왕과 베인 후작 그리고 브레이커 백작 간의 알력인데 아무래도 베인 후작과 브레이커 백작 간의 알력이 가장 클 듯싶습니다."

암스트롱과 게레로를 비롯한 용병들이 고개를 끄덕였다. 암스트롱은 미동도 없이 그저 눈을 감고 로브인의 설명을 듣기만 하고 있었다.

"그 원인은 바로 브레이커 백작이 그동안 숨겨왔던 서운

한 마음이 이번 전투를 앞두고 터진 듯한데 그 대상이 베인 후작이라는 것입니다. 이것은 상당히 신빙성있는 것으로 평소 베인 후작과 브레이커 백작은 폴라리스 왕국의 국왕과의 관계와는 다르게 상당히 데면데면했던 모양입니다."

거기서 잠시 말을 끊은 로브인이었다. 용병들은 말이 없었다. 그저 기다릴 뿐.

"그 이유는 베인 후작이 현 폴라리스 국왕의 절친한 관계임은 모두 알 것입니다. 그런데 브레이커 백작 역시 현 폴라리스 국왕과는 둘도 없는 의형제 지간이라는 것이 문제입니다."

"그 틈이 바로 자리싸움인가?"

"자리싸움이라기보다는 질투라 보는 것이 맞을 것입니다."

로브인의 말에 피식 웃어 보이는 암스트롱이었다. 질투라는 것. 여자의 질투보다 더 무섭고 더 광폭하며 엄청난 대가를 원하는 것이 바로 남자의 질투이다.

그 질투라는 것은 바로 현 폴라리스 국왕에 대한 총애에 대한 질투일 것이다. 여자만이 총애에 대한 질투가 있는 것이 아니다. 감추고는 있지만 남자에게는 더 깊은 질투가 숨어 있는 것이었다.

"좋군."

“베인 후작 쪽으로 선을 밀어 넣는 것이 어떨까 합니다.”

“브레이커 백작이 낫지 않을까?”

“자신이 강하며 똑똑하다 생각하는 자는 스스로 무너지게 마련입니다. 또한 그 경계 역시 쉽게 풀 수 있고 말입니다.”

로브인의 말에 고개를 주억거린 암스트롱은 이내 결정을 내렸다.

“그렇게 하지. 의외로 쉽게 풀리겠어.”

만족한 웃음을 지어보이는 암스트롱. 물론 첩보가 정보를 둔갑하기 전까지는 조금 더 많은 첩보를 물어와야 할 것이고, 조금 더 많이 가공해야 할 것이다.

하지만 그렇다 하더라도 기본 바탕이 되는 정보가 상당히 신빙성이 있기에 만족한 웃음이 지어진 것이었다.

“본성에 바로 통보하도록 하고, 지침을 받도록 하게.”

“알겠습니다.”

히르센의 폴라리스 정복군이 있는 이곳은 바로 자이칸 성.

주요 지휘관이 모인 대회의실에는 정적이 감돌고 있었다.

톡! 토독! 톡!

“이걸 믿어야 하나?”

중후한 목소리가 대회의실의 정적을 깨고 공명하면서 사방으로 퍼져 나갔다. 하지만 누구 하나 그 물음에 답하는 자는 없었다. 다만, 수많은 눈동자가 향하는 곳이 있었으니 다름 아닌 마법 병단의 단장이자 군사의 역을 맡고 있는 에릭 파머슨 백작에게로였다.

실력은 4서클이지만 작전이나 혹은 마법 병단의 운용과 함께 정보 수집에 상당히 일가견이 있는 자였다. 직책상 그는 마법 병단의 단장을 맡고 있으나, 실제 마법 병단을 움직이는 것은 5서클의 마법사 빅토르 마이어 백작이었다.

"지금까지 수집한 정보로는 상당히 신빙성이 있습니다."

"상당히? 신빙성?"

파머슨 백작의 말에 되묻는 벤투스 후작이었다. 마음에 들지 않는다는 말일 것이다. 작전을 상당히 혹은 신빙성이 있다는 말로 세울 수는 없는 법이니까.

"본 작은 정확한 깃을 원한다."

그에 깊숙하게 허리를 숙인 파머슨 백작이 조심스럽게 입을 열었다.

"베인 후작과 브레이커 백작. 이 두 명은 현재의 폴라리스 왕국을 세운 기초이자 뼈대라 할 수 있는 사람들입니다. 개국 이전부터 폴라리스의 국왕과 같이 지냈던 자들로 베인 후작은 어려서 같이 자랐으며, 브레이커 백작은 웅비를 위한 날개를 펴기 전에 만난 자들입니다."

"역사를 듣고자 함이 아니다."

파머슨 백작의 말을 자르고 나서는 벤투스 후작이었다. 여느 인물이라면 능히 짜증을 낼 법도 하건만 파머슨 백작은 여전히 무표정하게 벤투스 후작의 말에도 흔들림없이 설명을 이어갔다.

"돈독하다 해야 할 그러한 자들의 틈이 벌어졌습니다."

"확신할 수 있나?"

재차 물어보는 벤투스 후작이었다.

"그것이 권력이라는 것입니다. 그들은 지금 위기감에 사로잡혀 있습니다. 때문에 자신의 권력을 공고히 하고자 하고 있습니다. 왜냐하면 롬멜 백작이 사라졌기에 굳건히 떠받혀야 할 다리 하나가 사라졌으니 당연한 것입니다."

"계속."

이제야 마음에 든다는 듯이 의자에 상체를 깊숙하게 묻으며 신호를 보내는 벤투스 후작이었다.

"하나의 예로 그 말이 나온 이후 폴라리스 국왕은 브레이커 백작을 후방으로 돌렸는데 그것이 참으로 교묘한 곳입니다. 이스턴을 공략할 수도 있고, 아국을 공략할 수도 있는 경계지점으로서 전쟁과는 조금 동떨어진 곳입니다."

"권력 싸움에서 밀린 것이라고 보는가?"

"확실히 그렇습니다."

"그렇게 보는 이유는?"

하나하나를 짚어보는 벤투스 후작이었다.

"일단 베인 후작과 브레이커 백작의 출신에서부터 차이가 있습니다. 베인 후작은 기사입니다. 그것도 가문을 지켜오던 기사로 어렸을 적부터 친구 사이입니다. 거기에 현재 폴라리스 왕국과 같은 방향으로 시선을 보고 있습니다."

끄덕 끄덕.

벤투스 후작뿐 아니라 대 회의실에 모여 있는 주요 지휘관 모두가 인정하는 바였다. 그것은 이미 잘 알려진 바이니 말이다.

"하지만 브레이커 백작은 조금 다릅니다. 노예나 다름없는 평민 출신으로 바보라 알려진 자입니다. 그가 마스터에 올라 지금에서야 평범 이상의 이성을 지녔다 하지만 여전히 과거의 습성을 버리지 못한 상태였다고 합니다."

"그래서 브레이커 백작을 잘라냈다?"

"그렇습니다."

"하면 그것을 모를 리 없는 브레이커 백작이 가만히 있을 리가 없을 터인데?"

벤투스 후작의 말에 조용히 웃으며 고개를 끄덕이는 파머슨 백작이었다.

"브레이커 백작의 휘하에는 빌헬름 슈타이니츠 자작이 있는데 그자가 실제적인 군사의 역할을 하고 있습니다. 한데 이

슈타이니츠 자작은 야심이 큰 자로서 자신이 선택한 주군이 버려지는 것에 상당한 반감을 가지고 있는 것으로 드러났습니다."

벤투스 후작의 입가가 씰룩였다. 무언가 기분이 좋을 때 나타나는 전형적인 현상. 하지만 결코 그것을 겉으로 드러내지는 않았다. 그 연유는 지금 파머슨 백작이 말한 연유 때문이었다.

세상의 모든 것은 변한다.

특히나 조변석개로 변하는 것이 바로 인간의 마음이다. 인간이 그리된 이유는 바로 욕망이라는 것 때문이다. 더 많은 것을 가지고 싶고, 더 많은 것을 누리고 싶은 욕망 말이다.

그 욕망은 늙으나 젊으나 혹은 여자나 남자나 가리지 않고 찾아든다. 그 끝없는 욕망 덕에 인간은 대륙의 패자가 되었고, 끊임없이 발전할 수 있었다. 물론 그 반대의 경우도 있게 마련이지만 어찌 되었든 인간이 살아가는데 가장 기본적은 것 중 하나가 바로 욕망이라는 것일 게다.

그리고 귀족이나 혹은 기사라면 수천 수만의 욕망 중 앞으로 더 나아가고 싶다는, 혹은 더 높이 올라가고 싶고, 더 많은 것을 가지고 싶다는 욕망은 여전히 변하지 않고 있었다.

"누굴 보낼까?"

앞뒤 자르고 본론만 말을 하는 벤투스 후작이었다. 하지만 파머슨 백작은 조용히 고개를 가로 저었다.

"누구를 보내 혼란을 가중시키고 분란을 조장하는 것보다
는 이번 참에 브레이커 백작을 아국으로 끌어들이는 것이 옳
을 듯싶습니다."

"끌어들인다?"

매우 좋은 생각이었다.

적은 마스터가 한 명 없어지는 것이요, 아국은 마스터가 한
명 느는 것이었다. 단순한 계산은 그러하지만 부가적인 효과
를 따져봤을 때 그 파급효과는 전쟁의 승패를 좌우할 정도로
지대했다.

"될까?"

"공을 들여야 하지 않겠습니까?"

"공을 들인다라~ 어떻게?"

방도를 묻는 것이다. 마스터라는 존재가 그리 호락호락하
지 않으니 말이다. 그리도 쉽게 변할라 치면 마스터라는 존재
감이 지극히 가벼워질 테니까 말이다.

"과거 브레이커 백작과 한마을에서 살고 있던 이가 있습니
다."

"찾았나?"

"찾았다기보다는 이미 아국에 몸담고 충성을 다하고 있습
니다."

“호오~ 그래?”

벤투스 후작의 입가가 비틀리며 눈이 가늘게 좁아졌다.

“로이 크로첸이라는 자라로서 아국의 군사부에서 일을 하고 있습니다.”

“좋군.”

일이 너무 잘 풀려나가고 있었다. 마치 이러한 수순으로 일이 진행되리라고 예상이라도 한 듯이 말이다. 하기에 벤투스 후작은 일말의 불안감이 엄습하였다.

“심려를 놓으셔도 될 것입니다. 지금의 상황에서 폴라리스 왕국에서 이런 고육지책을 짜낸다고 하면 오히려 군의 사기에 역효과가 나기 쉽습니다. 단결된 모습을 보여주어도 쉽게 그 승패를 점할 수 없는 상태에서 구태여 이런 하책 중의 하책을 쓴다는 것은 있을 수 없는 일입니다.”

물론 파머슨 백작의 말이 맞다. 보통의 국왕이라면 당연히 그리할 것이었다. 하지만 폴라리스 왕국의 국왕은 결코 보통의 국왕이 아니었으며, 그를 보좌하는 카림 클라우제비츠 후작 역시 보통의 인물이 아니다.

폴라리스의 국왕은 전략적인 지식은 물론 용병술도 능함과 동시에 마스터의 반열에 오른 사람이었다. 그리고 카림 클라우제비츠 후작은 당대의 현자의 탑의 수장이고 말이다.

그런데 그런 사람들이 이런 하책을 쓴다는 것은 솔직히 말

이 안 되는 것이었다. 빤히 보이는 수이니까 말이다. 그러함
에도 불구하고 벤투스 후작의 인상은 쉽게 펴지지 않았다.

상황이 너무 딱딱 들어맞고 있었다. 마치 기다리고 있었다
는 듯이 말이다. 그렇다고 들어오는 정보를 무시할 수는 없었
다. 폴라리스 왕국 쪽에 심어 놓은 히르센 왕국의 간자나 혹
은 친히르센 계열 귀족들이 보내온 정보에 의하면 확실히 폴
라리스 국왕과 베인 후작 그리고 브레이커 백작 사이에는 묘
한 긴장감과 함께 알력이 존재하고 있었으니까 말이다.

'이걸 대체 어떻게 받아들여야 하는가?'

생각을 하면 할수록 벤투스 후작의 머리는 복잡해지고 있
었고, 엉킨 실타래처럼 계속 엉켜가기만 하고 있었다.

"후우~"

마침내 긴 한숨을 내쉬고야 마는 벤투스 후작이었다. 좀처
럼 판단이 서지 않았다. 그런 벤투스 후작의 심정을 알기라도
한다는 듯 파머슨 백작은 신중한 표정으로 말을 이었다.

"지금으로서는 선택의 여지가 없습니다. 정면으로 맞붙기
에는 이제는 버거워진 폴라리스 왕국입니다. 그러한 상황에
서 그들이 만들어준 이 호재는 결코 놓쳐서는 안 되는 상황입
니다."

"흠. 백작의 결정은 그러한가?"

"그렇습니다."

벤투스 후작의 물음에 표정의 파머슨 백작은 흔들림없는 표정으로 대답을 했다. 그런 파머슨 백작의 표정을 놓치지 않으려는 듯 한동안 파머슨 백작의 얼굴을 뚫어지게 쳐다보는 벤투스 후작이었다.

무언가 파머슨 백작의 얼굴에서 확신이라도 찾을 요량인 듯 말이다. 파머슨 백작 역시 여느 때와 다르게 벤투스 후작을 직시하고 있었다. 확신에 가까운 작전이었고, 어떻게 해서든 관철시키고 싶은 의지의 표현이었다.

"좋군. 실행하도록 해."

"고맙습니다."

벤투스 후작의 말에 가볍게 안도의 한숨을 내쉰 파머슨 백작은 허리를 깊숙이 숙여 예를 표했다. 어쨌든 자신을 믿어주는 발언이었으니까 말이다.

"좋아할 필요는 없다. 실패했을 경우를 생각해야 하니 말이지. 끌어들이는 것을 실패했을 경우 어찌해야 하나."

작전은 항상 최악의 상황을 상정해야만 한다. 그에 벤투스 후작은 파머슨 백작에게 실패했을 경우를 생각하라 했다. 그것은 당연한 지시라고 할 수 있었다.

"지금 지원군으로 오고 있는 레인 백작을 브레이커 백작이 있는 스트랜 지역으로 진출 시켜야 합니다."

"상대는 마스터이다."

“병력이 고작 10만입니다. 아무리 마스터라 하여도 30만을 상대할 수는 없을 것입니다.”

딴은 그러하였다. 솔직히 지금 파머슨 백작의 말은 상당히 위험한 말로서 마스터를 면전에 두고 깎아내리는 말이었다. 여느 마스터라면 결코 허용하지 않을 발언이었으나 그러한 면에서 벤투스 후작은 여느 마스터와 달랐다.

“또한 후속군에는 디스트로이어가 다수 참여하고 있습니다. 그들과의 협공이라면 능히 브레이커 백작을 제거할 수 있을 것입니다.”

디스트로이어라는 말에 눈썹을 살짝 치켜뜨는 벤투스 후작이었다. 상당히 마음에 안 든다는 표정이었다. 그 표정은 파머슨 백작에 대한 것이 아닌 디스트로이어라는 말에 대한 반응이었다.

“쯧. 그런 반쪽짜리 마스터라니.”

심히 못마땅한 표정.

“하오나 그들이 있기에 아국이 폴라리스 왕국과의 전면적이 기습 공격을 감행할 수 있었습니다. 이스턴과 폴라리스에는 없는 전력이니 말입니다.”

그렇게 말을 하는 파머슨 백작의 얼굴에는 자부심이 깃들어 있었다. 그것은 파머슨 백작의 옆에 앉아 있는 마법 병단의 부 병단장인 빅토르 마이어 백작 역시 마찬가지였다.

그들은 히르센의 주 전력임과 동시에 왕실 마탑 최대의 결과물이었다. 비록 그 결과물이 진실로 마스터에 오른 자들에게는 반쪽짜리 마스터라 불릴지라도 그들 셋이면 능히 마스터를 감당할 수 있기 때문이었다.

물론 그러한 그들이기에 절대로 많은 이들을 양성할 수 없다는 것과 그들을 양성하기에 천문학적인 금액이 들어간다는 것을 제외하면 히르센이 다시 제국으로 일어서는 데에는 큰 문제가 없을 것이라는 것이 중론이었다.

"쯧."

그것을 알기에 그런 괴물을 만들어낸 마법사들을 탐탁지 않게 보는 벤투스 후작이라 할지라도 감정을 드러내 그들을 매도하지는 않았다. 그들은 지금 상태에 있어서 왕국의 가장 중요한 핵심 전력이니까 말이다.

"쯧. 일단 그렇게 하도록 하고, 그에 맞춰서 폴라리스 왕국의 진영을 칠 준비를 하도록."

"명!"

드디어 결정이 났다.

대회의실에 모여 있던 모든 주요 지휘관이 한목소리로 명을 외쳤다. 그러고는 부리나케 자리를 벗어났다. 일단 명이 떨어진 상황에서 굳이 지체할 필요는 없는 것이기 때문이었다.

“그들이 움직였습니다.”

“되었군.”

골디혼에 진영을 펼친 폴라리스 왕국군의 진영.

그 진영 가운데 가장 중심에 위치한 총지휘부에 어두운 밤임에도 불구하고 대낮처럼 환하게 불이 밝혀져 있었다.

그 지휘부 막사는 지금 방금 전술 회의가 끝이 난 것처럼 의자가 어지럽게 널려 있었다. 그 와중에 베르누크와 카림 그리고 레너드는 베르누크를 중심으로 좌우에 앉아 있었다.

하지만 결코 그들의 표정은 밝지 않았다. 롬멜 백작의 죽음 이후로 그들의 얼굴에서는 웃음이 사라졌다. 물론, 대외적으로 병사들 보거나 기사들 혹은 주요 지휘관 회의시에는 의미 없는 가식적인 웃음을 어지로 내보이기는 했지만 말이다.

“카이시스 대공이 잘해주고 있군. 이제 기다리는 일만 남았나?”

베르누크의 말에 고개를 주억거리는 레너드와 카림.

“침투한 용병들은 어찌해야 합니까?”

극존칭은 생략되었다. 레너드의 물음에 베르누크는 카림을 쳐다보았다.

“그들은 따로 쓸 것입니다.”

“알아보니 샤벨 타이거 용병단의 단장이 루이스 암스트롱이라는 자로 히르센 왕국의 자작의 위에 있는 자입니다."

레너드의 말에 별로 놀랍지도 않다는 듯이 무표정한 베르누크와 카림.

"히르센에서 상당히 신경을 썼군. 용병 출신 귀족을. 그것도 남작도 아닌 자작을 적진에 침투시키다니 말이지."

"히르센에도 약간은 머리가 트인 사람이 있다는 반증이 아니겠습니까? 그렇게 천대하는 용병 출신 자작을 보내고. 오직 정공법만을 고집하던 그들이 기습을 하고 말입니다."

베르누크의 말에 카림이 말을 받았다. 그의 요점은 간단했다. 히르센이 변하고 있다는 것이다. 변하지 않는 히르센을 상대하는 것이 훨씬 쉬울 것이나 그렇다고 변한 히르센이 어렵다는 것은 아니었다.

다만, 조금 더 신경을 써야 할 부분이 많이 있을 뿐이었다.

"그나저나 제이, 그놈이 잘해 낼지 모르겠어."

베르누크는 무언가 짠한 얼굴을 하면서 제이에 대해 걱정을 했다. 그것은 작전을 실패할까 두려워 읊는 그런 말이 아니었다. 진정으로 그가 걱정 되어서 하는 말이었다.

"스스로 선택한 것입니다."

베르누크의 걱정에 무겁게 입을 연 레너드였다. 그 역시 제이가 걱정되지 않은 것은 아니었다. 하지만 제이가 나서지 않았다면 자신이 나섰을 것이다. 다만 자신보다 제이의 마음이 더 아플 것 같아 제이에게 작전을 맡긴 것뿐.

제이는 마스터가 되었다 하나 그 성정은 순수하기 그지없었다. 전투가 끝나면 언제나 베르누크와 레너드를 찾아와 칭얼대기가 일쑤였다. 그때마다 조금만 더하면 그만둘 수 있다고 하던 베르누크와 레너드였다.

그러면 또 해맑게 웃으며 알았다고 하는 제이였다. 그는 마스터임에도 불구하고 전투를 그리 달가워하지 않았다. 하지만 평화는 치열한 전투이나 전쟁이 끝이 난 후 찾아온다는 것을 명확히 알고 있었기에 칭얼거리면서도 언제나 전투에 임해서는 가장 선두에 서서 전장을 누볐다.

"그래. 그놈은 언제나 그런 놈이지. 그래서 맡긴 것이겠지만."

"브레이커 백작이라면 별일없을 것입니다. 그는 폐하 다음 가는 폴라리스 제2의 용장이지 않습니까?"

그러했다.

아니, 그 가진 바 용력으로는 베르누크조차 제이를 압도하지 못할 것이다. 혼자서 사흘 밤낮을 싸운다 하여도 지치지 않을 용력을 지닌 제이 브레이커. 하지만 안쓰러웠다.

누구보다 제이 브레이커의 속마음을 잘 아는 베르누크와 레너드 그리고 카림이었으니 말이다.

"어찌 되었든 그들이 미끼를 물었으니 조금 더 불을 지를 필요가 있겠군."

"그렇습니다. 저들이 아국의 분열을 조금 더 확실히 믿도록. 이것이 계략임을 전혀 눈치채지 못하도록 해야만 합니다."

베르누크가 무거운 분위기를 전환시키고자 하였다. 카림이 바로 말을 받았다. 이미 결정된 사항이고 또한 본인이 그 결정된 사항에 대하여 이미 실행에 옮긴 상황에서 도움을 줄 수 있는 방편은 없었다.

있다면 이번 작전이 성공할 수 있도록 적극적으로 계략을 중첩시키는 수밖에 없었다. 정신을 바짝 차려야 한다. 적들이 바보가 아닌 이상 조그마한 허점이라도 노출시키면 이 계략은 물거품이 되기 때문이었다.

"우선은 카이시스 대공께 연락하여 히르센과 내통하고 있는 귀족들을 더욱더 신이 나도록 만들어야 합니다. 너무 신이 나서 상황을 제대로 파악하지 못할 정도로 말입니다."

히르센과 내통하고 있는 이들은 아마 지금도 신이 났을 것이다. 알게 모르게 그들이 눈치채지 못하도록 전해지는 정보들이 히르센에서 그들의 입지를 공고히 해주고 있기 때문이었다.

하지만 중요한 것은 그 정보가 사실이라는 것이다. 전혀 사실이 아닌 것을 정보로 준다면 히르센에서는 정보를 제공하는 폴라리스 왕국의 귀족들을 의심할 것이고 베르누크와 카림이 절치부심하여 마련한 전략은 물거품이 될 가능성이 높기 때문이다.

확실한 정보를 그리고 그들이 모르게 전달하면서 그 정보가 사실임을 드러내야만 했다. 결코 쉽지 않은 전략이었으나 그 전략은 현자의 탑이 있기에 가능했다.

"그리고 베인 후작 역시 본진을 떠나야 할 것입니다. 적에게는 아국의 진영에 상당한 분란이 일어나고 있음을 보여야 하기 때문입니다."

카림이 또 다른 진보된 전략을 내놓았다. 베르누크로부터 제이를 갈라놓고, 다시 레너드를 갈라놓으려하였다. 적이 보았을 때는 지독한 분란의 씨앗이 자라고 있는 폴라리스 왕국의 진영으로 보일 것이다.

"그들이 속아줄까?"

"뭐, 폐하께옵서 속 좁은 인간으로 욕 좀 단단히 얻어먹어야 합니다."

"언쟁을 좀 벌일까?"

"그냥 보내심이 더 효과적일 것입니다."

카림은 적에게 친절하지 않았다. 그냥 알아서 해석하라는 것이었다. 하지만 거기에 카림의 노림수가 있었다. 이미 베르누크와 레너드 그리고 제이 사이에는 알게 모르게 분란이 조장되어 있었다.

전쟁 중임에도 불구하고 마스터인 제이 브레이커 백작을 전쟁과 전혀 상관없는 곳으로 배치시켰고, 정보 조작으로 알려진 세 명 사이의 알력에 대해서도 적은 이미 파악하고 있었다.

그러한 판국에 아무런 말도 없이 또 다른 마스터 레너드 베인 후작을 본진에서 떨어뜨려 전장에서 약간 벗어난 지역으로 보낸다면 그들이 생각할 수 있는 것은 한정이 되어 있음이었다.

바로 권력에 눈이 먼 폴라리스 국왕이라는 것이었다.

물론 갑작스럽게 변심한 폴라리스 국왕이라는 점에는 이견이 있을 것이나, 귀족의 입장에서 바라보는 인간의 군상이란 권력에 대한 욕심은 그 무엇으로도 대체할 수 없는 것이었다.

그 대단한 권력 앞에서는 기사들의 왕이라 일컬어지는 폴라리스의 국왕에게도 결코 벗어나지 않을 것이라는 그들의 예측이 있을 것이다. 또한, 거기에 하나 더 예측이 가능한 것은 지금 폴라리스 국왕의 나이 때문이었다.

나이가 이미 50을 갓 넘어선 상황.

마스터이기에 겨우 30대 정도밖에 보이지 않는 그런 모습이겠으나 이미 50여 년을 살아온 인생이라는 것이다. 처음에는 가문의 부활이겠으나 이제는 왕국. 그리고 다음에는 제국일 것이다.

그러한 상황에서 50이 넘은 폴라리스 왕국의 국왕은 조금은 조급할 것이다. 자신의 대에서 모든 것을 마무리 짓고자 할 것이고, 후대에 남겨질 자리에서는 안전한 발판을 마련하고자 하는 것 말이다.

하기에 집착할 것이다. 바로 권력에. 하면 그 권력에 가장 걸림돌이 되는 것은 역시 개국 공신이라 할 것이었다. 그들을 전쟁을 통해서 하나둘 제거하고자 하는 것 말이다.

이것이 카림이 생각하는 대부분의 귀족들의 반응이었다. 그리고 자신있었다. 이스턴이나 히르센의 귀족들이 폴라리스 왕국의 국왕을 여느 왕국의 국왕과 다르지 않게 생각하도록 만들지신 말이다.

이미 겨우 며칠 간의 정보에도 불구하고 히르센의 귀족들은 지금의 상황이 당연하다는 듯이 움직이고 있지 않은가 말이다. 적의 약점을 교묘하게 파고드는 카림의 전략에 솔직히 베르누크와 레너드는 혀를 내두를 수밖에 없었다.

이미 염두에 두고 있음에도 불구하고, 또는 이미 수십 년간 폴라리스 왕국의 국왕에 대한 소문을 접했음에도 불구하고 히르센의 귀족들은 마치 기다렸다는 듯이 '그럼 그렇지!' 하면서 카림의 계략에 빠져들고 있는 것이었다.

"좋아! 보내지. 속이려면 확실하게 속여야지."
"현명하신 판단입니다."
이로써 히르셴을 무너뜨릴 또 하나의 계략이 완성되었다.

CHAPTER
06
자이칸 성의 탈환

Knight King

로이 크로젠은 자이칸 성을 벗어나 고향 친구인 제이 브레이커 백작이 있는 스트렌 지역으로 향했다. 전쟁에서 벗어난 지역이라고는 하나 엄연히 전쟁 지역인 관계로 스트렌 지역으로 향하는 곳곳에 폴라리스 왕국의 병사들이 지키고 있어 로이 크로첸의 걸음을 멈추게 했다.

본시 담력이 그리 좋은 편이 아닌 로이 크로첸인지라 내심 상당히 놀라 식은땀까지 흘렸으나 로이 크로첸은 짐짓 태연하게 그 병사들에게 일렀다.

"하하, 제이 브레이커 백작의 고향 친구가 뵙기를 청한다고 전해 주시게.”

　로이는 결코 상대가 병사라 해서 말을 내리지 않았다. 비록 제이가 바보이기는 하나 폴라리스 왕국에서 그의 영향력이 어떠한지 이미 숙지하고 있는 탓이었다.

　폴라리스 왕국에서 제이는 그야말로 입지전적인 인물이었다. 북부의 변방 중에 변방인 시골의 평민 출신. 그것도 정상인보다 지능이 떨어지는 그러한 인물에서 마스터가 된 인물이니 당연하다고 할 것이었다.

　하니 병사들이나 왕국민들에게는 진정 존경의 대상이었다. 국왕의 눈 밖에 나 전장임에도 전장에서 벗어난 지역에 배치되었음에도 병사들과 왕국민은 여전히 그러한 제이에게 호의적이었다.

　또한 그러한 로이의 태도 덕분인지 병사들과 기사들은 평소보다 누그러진 태도로 로이를 대했고, 제이도 과거 마을 친구를 보게 되었다는 생각에 별 생각 없이 로이 크로첸을 들여보내게 했다.

　“하하하. 제이, 그동안 잘 있었는가?”

　로이가 제이를 보자 제이를 백작으로 대하는 것이 아닌 그저 옛 고향 친구처럼 대하자 제이도 두 팔을 벌려 로이를 맞아들였다.

　“이야~ 이게 누구야. 울보 로이 아닌가? 소식이 없더니 어떻게 지냈는가?"

"하하, 나는 지금 히르센 왕국의 군사부에 몸담고 있네. 비록 왕국은 서로 갈려 있으나 옛 친구가 크게 성공하여 가까이에 왔다기에 그 기쁨에 이리 찾아온 것이네."

로이는 굳이 자신이 몸담고 있는 곳을 숨기지 않았다. 잠깐 알아보면 드러날 거짓말을 하지 않는 것이 더욱 신뢰를 주는 방법이라는 것을 알기에 말이다.

"오랜만에 친구를 만나는데 빈손으로 올 수 없어 이것저것 많이 준비했는데 마음에 들려는지 모르겠구만."

그 말을 하면서 로이가 뒤편으로 손짓하자 수레 하나가 들어오면서 그 옆에는 말이 함께 들어오고 있었다. 한데 들어오는 수레도 수레지만 제이의 눈을 끄는 것은 수레와 함께 들어오는 말이었다.

검은 동체에 보통 말보다 훨씬 큰 데다 온몸이 칠흑처럼 검었고, 잡털 하나 섞이지 않았는데 머리에서 엉덩이까지 길이가 3미터는 되어 보였고, 꼬리 길이만 1미터 20센티 정도 되어 보였다.

또한 키는 얼마나 큰지 발굽에서 목까지 높이가 3미터 가까이 되었다. 대지를 밟는 폼이 모든 말 중에 가장 오롯해 보였고, 우렁차게 우는 소리가 대기에 떠돌아 보통의 평민이나 병사들이 보기만 해도 오금이 저릴 만 하였다.

"호오~ 역시 가장 먼저 보는 것이 말이로구나?"

"아니, 저런 대단한 말을 대체 어디서 구한 거냐?"

그들은 어느새 서로에 대한 경계심이 사라지고 있었다.

"네가 키가 너무 커 너를 태울 말이 없다는 말을 듣고 백방으로 수소문해 구했지. 듣기로는 몬스터와 교잡해서 나온 잡종이라는데 뭐 어떠냐, 내가 보기에는 너 아니면 탈 만한 사람도 없을 것 같더라."

"그렇지. 그래."

제이는 어느새 로이의 말을 듣는 둥 마는 둥 하며 그 거대한 말에 다가가 갈기를 쓰다듬고 있었다. 말도 역시 자신과 대등하게 보이는 덩치의 제이가 반가운지 아니면 마음에 들었는지 조용히 제이의 손을 거부하지 않았다.

"이야~ 이런 귀한 선물을 내가 받다니 대체 어떻게 보답을 해야 할지 모르겠구만."

"내가 어렸을 적 너를 무던히도 놀렸던 죄책감에 대한 보상이라고 생각하라고. 이제는 감히 함부로 쳐다보지 못할 인물이 되었지만 말이지."

로이 크로첸은 여전히 능청을 떨었다. 그러하니 제이는 처음의 마음과 다르게 더욱 마음을 놓게 되었고, 좌우를 시켜 술자리를 마련케 하였다. 전쟁 중이지만 이런 기쁜 날에 술이 없을 수 없다 하여 그것을 용인하였고, 그에 스트랜 지역을 방어해야 할 진중에는 어느새 술판이 거하게 벌어지고 있었다.

그리된 연유는 제이가 군을 이끄는 자리에 있음에 스스로 술을 먹어야 하니 혼자만 먹을 수 없다 하여 근무조를 제외하고는 약간의 술을 나누어 마시게 한 것이었다.

그러한 조치 덕분인지 적은 술임에도 불구하고 병사들과 기사들은 전쟁 중임을 감안하여 마시면서 흥을 돋우고 사기를 끌어 올리고 있었다. 그러한 모습에 로이는 내심 적잖이 감탄하고 있었다.

'하~ 분명 전장에서 벗어나 있음을 알고 있음에도 불구하고 군기의 엄정함을 지키다니. 과연 폴라리스 왕국의 병사들이란 말인가?'

그러힌 와중에 이지간히 술자리가 무르익은 뒤에야 로이 크로첸은 슬슬 제자 받은 작전을 수행하기 시작했다.

"한데, 듣자하니 이번에 별로 안 좋은 일이 있었다면서?"

로이 크로첸이 은근한 말로 술잔을 기울이고 있는 제이에게 말을 했다. 그에 제이는 로이의 말이 무엇을 가리키는 것인지 알아 별로 유쾌하지 않은 불퉁한 말을 내뱉었다.

"뭐, 그렇기는 하지."

약간은 떨떠름한 목소리가 제이의 입술을 비집고 흘러나왔다.

"뭐, 형님 폐하 덕분에 내가 마스터에 오르고, 굳었던 머리
가 깨이게 되어 그 은을 갚고자 죽을힘을 다해 적과 싸웠지.
그런데 남작 가문이 자작 가문이 되고, 왕국이 되고 영토가
넓어질수록 점점 변하더라고."

"사람이라는 것이 변하게 마련이니까."

로이는 제이의 말에 변죽을 올렸다. 맞는 말이지만 지금의
상황에서 어찌 보면 제이의 입장보다는 베르누크의 입장을
두둔하는 것 같은 느낌이 들었다. 그에 제이는 마음에 들지
않는다는 듯한 표정을 하며 말을 이었다.

"그건 나도 알겠는데 이 경우는 조금 심하지. 누구의 편을
들라는 것이 아니지만 그래도 베인 후작과는 친구사이지만
나와는 의형제지간이잖아. 하니 팔이 안으로 굽는다고 조금
은 나를 두둔했어야지. 안 그래?"

"그건 그렇구만. 그래도 형제인데 말이지. 이건 정말 옳지
않구만."

"그렇지? 너도 그렇게 생각하는 거지?"

로이가 제이 자신을 두둔하자 금세 얼굴이 펴지면서 재차
물어가는 제이였다. 그 모습이 어찌나 천진한지 보는 사람의
얼굴에 절로 미소가 지어질 지경이었다.

'되었구나.'

로이는 직감하고 있었다. 작전은 성공할 것이라고 말이다.

"당연하지. 너의 용력은 대륙에서 비할 자가 없으며, 너의 재주는 전설의 드래곤과 버금가건데 누가 너를 존경하지 않고 흠모하지 않겠냐? 그러한 너를 알아주지 않고 오히려 다른 귀족들을 두려워하여 너를 이런 쓸모없는 곳으로 보낸 폴라리스 국왕이 크게 잘못한 것이지."

"그래. 맞아. 내게 이럴 수는 없는 법이야. 내가 얼마나 노력했는데 말이지. 물론, 나를 마스터로 만들어주고, 머리를 깨쳐준 것은 고마워. 하지만 이제 좀 안정이 되었다고 헌신짝 버리듯 던져 버리는 것은 정말 참을 수 없는 모욕이야."

제이의 울분에 로이는 슬며시 웃음을 지었다.

'역시 마스터가 되어 머리를 깨쳤다 하여도 단순하기 그지없군.'

이쯤 되면 뜸이 다 들었다고 해도 과언이 아니었다. 하지만 로이 크로첸은 한참을 더 뜸을 들인 뒤에야 입을 열었다.

"그렇다는 것은 폴라리스 왕국은 더 이상 너를 담을 수 있는 왕국이 아니라는 것을 말하는 것 아닐까? 과거 어려웠던 시절을 함께한 이를 이렇듯 헌신짝 버리듯 버리니 그것은 마땅히 사람의 도리가 아니니 말이야."

"그건 알고 있지. 그런데 솔직히 나를 받아줄 만한 곳이 있을까. 내가 마스터이기는 하나 여전히 평민보다 조금 나은 머리일 뿐이니 말이야."

자조적으로 자신을 비하하는 제이였다.

"내가 보기에는 너는 내가 있는 히르센으로 와야 해. 너도 알다시피 히르센의 국왕 폐하는 마스터이지. 제국 시절부터 말이지. 그래서 마스터의 소중함을 그 누구보다 잘 알고 있어. 게다가 마스터임에도 불구하고 백작이라니."

"그건 알지만. 그래도 지금은 서로 창검을 겨누고 있는데 어찌……."

"아니, 그게 되지도 않은 말이냐? 폴라리스나 이스턴이나 히르센 왕국은 모두 과거 히르센 제국의 사람들이었잖아? 그런데 요 몇 년 조금 갈라져 있었다고 달라질 이유가 없지 않아?"

교묘한 로이의 말이었다. 원칙적으로 전혀 틀리지 않은 말이었다. 애초에 뿌리가 하나였으니 말이다. 그에 혹하는 제이였다.

"그런데 방법이 없잖아. 그냥 내가 가서 나 받아주쇼~ 하면 받아줄 것도 아니고 말이지. 뭘를 들고 가야 하지 않겠어? 그래야 나에 대한 인식도 달라질 것이고 말이지."

로이의 말에 혹한 제이는 이미 마음을 정한 듯이 말을 했다. 어찌 보면 너무 쉽게 마음을 돌리는 것에 대하여 한 번쯤 의심을 해볼 만도 하겠으나 제이의 연기가 어찌나 진지하고 실제와 같은지 로이는 자신의 눈과 전해지는 마음을 믿어 전혀 의심하지 않았다.

"흐음. 정히 네 생각이 그렇다면 내가 한 번 알아보도록 하지. 솔직히 빈손으로 몸을 의탁코자 한다면 귀족들이 의심할 터이니 말이야."

"오~ 그래 주겠어? 그래 주면 고맙지. 역시 고향 친구가 있으니 의외로 쉽구만."

"마침 나와 같이 온 자 중에 마법사가 있으니 자이칸 성을 지키는 벤투스 후작에게 물어보도록 하겠네. 전장에 관한 한 국왕 폐하께 전권을 위임받으신 분이니 너에 대한 것도 충분히 감당하실 수 있을 것이네."

로이는 내친김에 당장에 모든 것을 해결하려 하였다. 혹시라도 제이의 마음이 변할까 두려워해서였다. 하지만 제이는 그리힌 친구의 모습에 속으로 불신의 씁쓸힘을 심기고 있었다.

'역시 아직도 나를 바보로 알고 있구나. 친구라……. 이런 친구라면 결코 친구라 할 수 없음이지.'

이미 제이는 이러한 로이의 속내를 알고 있었다. 몇 십 년을 연락 한 번 주지 않던 자이다. 또한 과거 자신의 고향에서 자신을 아주 지능적으로 놀림감으로 만들고 괴롭히던 로이였다.

그러한 독하고 안하무인이던 성격을 지닌 자가 어느 날 갑자기 정신을 차리고 개과천선하여 진정 고향 친구를 위하여 물심양면으로 힘을 쓸 일은 없었다.

또한 아무리 친구라 하나 자신은 백작이고, 로이는 군사부에 있다 하나 여전히 평민. 그 선은 분명하였다. 물론 폴라리스 왕국의 개념을 따르면 그저 이름뿐인 귀족의 작위였으나 그 위명이나 혹은 맡은 바 직위에 있어서 로이가 감히 제이의 면전에서 고개를 빳빳하게 세울 입장이 못 됨은 주지의 사실이었다.

그러함에도 불구하고 로이는 제이를 마치 친한 친구처럼 대하고 속에 있는 모든 것을 보여줄 듯한 행동을 한다. 조금만 생각하면 아니 바보가 아닌 이상에야 그 속내를 모를 리 없지 않겠는가?

그때 로이가 다시 돌아왔다. 아주 진중한 얼굴을 하고서 말이다.

"벤투스 후작 각하께서는 원칙적으로 승낙하셨네. 다만, 지금은 전쟁 중이라 적국의 마스터를 빼돌리면 그것은 기사로서 혹은 왕국 간의 예에서 벗어난다 하시지 답답하기 그지없구만."

"어, 어쩌지?"

제이는 또다시 연기를 했다. 마치 정말 답답하다는 듯이 말이다. 안절부절하는 모습이 폴라리스 왕국에는 진절머리가 나는 것 같은 모습이었다.

"방법이 하나 있기는 한데……."

"방법? 무슨 방법?"

방법이 있다는 말에 제이의 얼굴에 화색이 돌며 로이에게 물었다.

"조만간 벤투스 후작 각하께서 골디혼에 있는 폴라리스 왕국의 진영을 대대적으로 공격하실 모양이야. 그때를 같이하여 자네가 아국에 힘을 보태는 거지."

"힘을 보탠다 함은?"

여전히 어리숙한 모습을 보이는 제이였다.

"그때 군사를 일으켜 폴라리스 왕국군의 배후를 치거나 혹은 아국의 병력과 함께 폴라리스 왕국을 치는 것이지. 가장 좋은 방법은 역시 아국과 합류하여 가장 선봉에 서 폴라리스 왕국 진영을 향해 돌진하는 것이지."

"오오~ 그렇군. 그런 방법이 있군. 역시 너는 천재야, 천재."

마치 어린아이처럼 좋아하는 제이였다.

"하면 그때까지 내가 자네 옆에서 보좌를 해도 되겠는가? 보아하니 이렇다 할 군사가 없는 모양이니 말이네."

"오~ 그러면야 좋지. 어릴 적 친구가 나를 도와준다니 마치 천군만마를 얻은 것 같구만. 하하하."

제이는 활짝 웃었다. 그러한 제이를 따라 로이 역시 활짝 웃었다. 하지만 그의 눈은 간사하게 빛나고 있었다.

'멍청한 놈. 그곳이 바로 네놈이 죽을 자리가 될 것이다. 네놈이 아무리 마스터라 하지만 어릴 적 코나 찔찔 흘리던 놈을 내 상관으로 모실 내가 아님을 어찌 모른단 말인가?'

그러했다.

로이 크로첸은 제이를 죽일 생각이었다. 물론 히르센 측에서는 제이를 될 수 있으면 포섭하여 자국의 마스터로 활용하고 싶어 했으나 그것은 실제 이곳에 파견 나와 있는 로이가 어떻게 하느냐에 따라 달라질 수 있었다.

나중에 제이가 죽든 말든 지금 현 상황에서 제이를 포섭한 것은 바로 로이의 공이었다. 만약 이 전쟁이 승리로 종식된다면 이번 포섭으로 인하여 로이는 분명 작위를 하사받을 가능성이 높았다.

그러한데 로이는 코 찔찔이를 자신의 상관으로 두고 싶은 생각은 없었다. 이렇게 단순하고 아직도 똥인지 소스인지 판가름을 못하는 아둔한 마스터일 뿐. 과거 자신에게 분풀이 대상이거나 놀림의 대상인 제이를 살려줄 생각은 전혀 없었다.

골디혼 평원에 살기가 충천하였다.

폴라리스 왕국 진영에서 적의 접근을 방해하는 장애물이

하나둘 사라지더니 마침내 모든 것이 사라지고, 30만의 병력과 10만의 용병이 오와 열을 맞춰 자이칸 성을 바라보고 서 있었다.

그러한 모습을 바라보고 있는 자이칸 성의 히르센 왕국군. 그들은 이미 폴라리스 왕국군이 바로 오늘 대대적인 전투를 시작할 줄 알았다는 듯이 질서정연하게 성 밖에서 서서히 다가오고 있는 폴라리스 왕국군을 바라보고 있었다.

"쯧. 많이 아쉽군."

"무엇이 말입니까?"

벤투스 후작은 진정으로 아쉽다는 듯이 입맛을 다셨다. 그에 그의 우측을 점하고 있던 파머슨 백작이 물었다.

"폴라리스 국왕 말이지. 그는 나이트 킹이라 불리는 자다. 그래서 진실로 그가 나이트 킹이길 바랐다. 기사 내 기사로 그와 맞붙어 보기를 원했기에. 하나, 그자는 나이트 킹이라고 불리기에는 너무 나이가 들었음을 이제 깨달았기 때문이다."

마치 독백처럼 말을 하는 벤투스 후작의 말에 파머슨 백작이나 첸들러 백작은 곤혹스러운 표정을 지울 수 없었다. 상대가 약하면 좋은 것이다. 특히나 이런 왕국의 운명을 건 전투에 있어서는 말이다.

말이야 바른 말로 실제적으로 히르센 왕국은 이번 전투에 모든 것을 걸었다. 이스턴은 언제 잡아도 잡을 수 있다는 자신감이 팽배한 지금이고, 또한 이스턴은 폴라리스를 맞아 힘겨운 전쟁을 이어가고 있으니 말이다.

때문에 히르센 왕국은 거의 모든 전력을 이곳에 퍼붓다시피 하였다. 그런데 그러한 적이 강하길 바랐다니. 당연히 곤혹스러울 수밖에 없었다. 최초 이곳을 지키던 롬멜 백작의 저항에 무려 18만의 병력을 잃지 않았는가?

그러한 판국에 적이 강하길 바랐다는 말에 어이가 없을 정도였다. 하지만 그래도 괜찮았다. 적의 마스터 중 한 명을 포섭하였고, 지금 다가오는 적중에는 또 한 명의 마스터가 빠져 있었기 때문이었다.

레너드 베인 후작.

그는 자이칸 성에서 이틀을 꼬박 달려야 도달할 수 있는 포브스 성에 주둔하고 있었다. 급박하게 돌아가는 전쟁에 있어서 이틀이라는 거리는 시간적으로나 공간적으로나 엄청나게 먼 거리임에는 틀림없었다.

근래 들어 연속적으로 펼쳐진 폴라리스 국왕의 실정에 히르센 왕국의 귀족들은 그럼 그렇지라는 식으로 생각하고 있었다. 권력은 친 혈족 간에서 서로 나누지 않은 것이라는 속성을 누구보다 잘 이해하고 있는 이들이었기 때문이었다.

덕분에 전쟁이 쉬워졌다. 제이 브레이커 백작을 포섭하고 후속군으로 오는 30만의 대군에서 20만을 포브스 성을 견제

하는데 사용하여 지원을 할 수 없도록 한 후 적과 마주하니 그 무섭다는 폴라리스 왕국의 병력이 왠지 모르게 작아 보였다.

"신께서 히르센을 돌보셨음입니다."

첸들러 백작은 그리 말하였다. 하지만 벤투스 후작은 이 모든 것을 신에게 돌리고 싶지는 않았다. 그렇다고 정면으로 그런 첸들러 백작을 면박주지는 않았다.

오른 사기를 굳이 땅으로 처박을 필요는 없었기 때문이었다. 전쟁에 있어서 군사력 못지않게 중요한 것이 바로 사기다. 중요한 전투를 맞이해 그에 반박하는 말을 해 굳이 좋은 분위기를 망칠 필요는 없었기 때문이었다.

"병력의 배치 상황은 어떠한가?"

"모는 것이 완벽합니다."

"좋군."

별다른 변수는 없어 보였다. 만약 오늘 수립한 작전대로 된다면 말이다. 그 생각에 벤투스 후작의 시선이 성벽 주변을 주욱 훑었다. 그곳에는 예의 병사들과 기사들 그리고 마법사들이 대기하고 있었는데 성벽에 바로 붙어 있는 것이 아니라 어느 정도 간격을 두고 있었다.

보통 때와는 전혀 다른 배치라고 할 것이었다. 자신의 명령대로 모든 것이 잘 돌아가자 그나마 안심을 하는 벤투스 후작이었다.

'모든 것이 작전대로이다. 한데, 아직도 없어지지 않는 이 불안감은 대체 뭐냔 말이다.'

그러했다.

지금 벤투스 후작은 불안했다. 모든 것이 완벽하다. 후방을 차단했고, 적의 진중에 아군의 병력을 심었고, 적의 마스터까지 포섭하여 마음을 돌려놓았다. 또한 전투 간에 있을 작전마저 완벽했다.

대체 무슨 이유에서인지 몰라도 벤투스 후작은 끊임없이 밀려드는 이 불안감의 정체에 생각하고 또 생각했지만 그 원인을 찾지 못하였다.

'그래! 파악할 수 없다면 지금의 순간에 집중하자.'

그것이 벤투스 후작의 결론이었다. 그 결론이 내려지자마자 폴라리스 왕국군으로부터 득달같은 공격이 시작되었다. 화살이 비처럼 쏟아졌고, 돌덩이와 바윗덩어리가 쏟아졌으며 각종 대단위 마법이 쏟아져 들었다.

그에 히르센 왕국의 병사들은 기민하게 대처하면서 차근하게 그들이 다가오기를 기다렸고, 잠깐의 틈을 타 화살을 쏘아내고 공성 병기에 돌을 담아 쏘았으며, 마법사들은 마법을 쏘아 보냈다.

쿠구궁! 쿠궁!

“몸을 숨겨라! 몸을 드러내지 말란 말이다.”

“화살을 쏴라!”

“돌을 올려라!”

둥! 두웅! 두둥! 두두둥!

전고가 울려 퍼졌다. 성내 가득히 기사들과 지휘관들의 외침이 울려 퍼지기 시작하였고, 적의 마법이나 혹은 공성 병기에서 쏘아 올린 돌덩이와 바윗덩어리에 성벽에 깨어져 나가고 나무로 만들어진 초소 혹은 가옥이 부서져 나갔다.

하지만 미리 대비하고 있었음인지 인명피해는 아주 드물게 나타나고 있었다. 재수없게 걸린 이들을 제외하고는 별다른 피해를 입지 않은 것이었다.

그때였다.

드드드득!

성벽이 진동하였다. 아니 성벽이 아니라 성벽과 연결된 거대한 대지가 진동하였다. 그러고는 좌우로 거의 20~30미터에 이르는 거대한 흙덩어리가 솟아올랐다.

“저것… 이었던가?”

“어, 어찌……..”

“저럴 수가.”

벤투스 후작을 비롯하여 첸들러 백작 그리고 파머슨 백작은 입을 딱 벌리고 놀라지 않을 수 없었다. 과거 바이큰 왕국과의 전쟁에서 있어서 땅이 솟아올랐다는 소문을 들은 적 있었다.

그때 모든 마법사는 이구동성으로 있을 수 없는 일이라고 했다. 아무리 대마법사에 오른 7서클의 마법사라 할지라도 땅을 무려 20~30미터 가까이 솟아오르게 할 수는 없다고 말이다.

그것도 말과 사람이 달리기 좋게 완만하게 말이다. 그런데 실제 그러한 일이 일어나고 있었다. 아주 완만하게 달리 좋게 평평한 땅이 솟아 올라왔다.

"병력을 집중시키게."

"명을 따릅니다."

벤투스 후작의 명을 받은 첸들러 백작이 사라졌다. 벤투스 후작의 명은 거기서 멈추지 않았다.

"마법 병단에 일러 성벽에 있는 모든 마법사에 명을 내려. 진언을 읊으라고."

"명!"

부병단장으로 있는 마이어 백작이 벤투스 후작의 명을 받아 움직여 나갔다.

"생각지도 못한 수로군."

"그렇습니다. 실제 저런 공격이 가능하리라고는……."

"디스트로이어를 솟아오르고 있는 쪽으로 배치해. 가장 전면에.”

“알겠습니다.”

벤투스 후작의 명에 즉각적으로 반응하는 파머슨 백작이었다. 곁에 남아 있는 이들은 없었다. 자신을 지키는 호위 기사 몇을 제외하고는 말이다.

“고작 이거냐? 겨우 이것을 믿고 그리 오만하였더냐?”

벤투스 후작은 으르렁거리며 점점 그 실체가 드러나는 폴라리스 왕국의 전략에 흥분한 듯이 외쳤다. 그는 이 정도는 되어야 한다고 생각했다. 어떤 방법으로 땅을 일으켜 세웠는지는 사로잡아서 물어보면 되었다.

어쨌든 너무 쉽지 않아서 다행이었다.

그렇게 모든 지시가 완료되고 폴라리스 왕국의 병사들이 짐짐 쇄도하면서 일어선 내지가 성벽의 끝에 노날할 즈음 폴라리스 왕국의 병사들이 드디어 전력을 다해 뛰기 시작했다.

보병들은 긴 사다리를 들고 뛰기 시작했고, 병력을 잔뜩 실은 공성탑이 둔중하게 움직이기 시작했으며, 기사들은 말고삐를 잡아채 전의를 불태웠다. 화살 공격과 마법 공격 그리고 공성 병기의 공격은 머리를 쳐들 수 없을 만큼 거세지고 있었다.

“대기! 대기하라!”

“이 새끼야! 머리 내밀지마!”

히르센 왕국의 지휘관들과 기사들은 병사들은 감독하고 있었다. 피해를 최소한으로 줄이기 위해서. 그리고 실제적인 작전이 시작되기를 고대하고 있었다.

"와아아아~"

"올라라! 올라!"

"성벽을 타올라라! 적을 죽여라!"

폴라리스 왕국의 병사들이 기세 좋게 기나긴 사다리를 성벽에 걸쳤고, 갈고리를 걸어 그물을 치고 튼튼한 그물을 타고 성벽으로 오르고 있었다.

"뜨거운 물을 부어라!"

"불을 붙인 통나무 가져와라!"

"빨리! 빨리 움직이란 말이다!"

"끄아아아악!"

성벽에 다닥다닥 붙은 히르센 왕국의 병사들이 움직여 갔다. 하지만 전체적으로 보면 지극히 일부분에 지나지 않았다. 지금 성안에 있는 병력은 50만이 넘어가고 있으니까 말이다.

그러한 상황을 지켜보던 베르누크가 서늘한 웃음을 지었다. 계략이 숨어 있음을 직감한 것이었다.

"모두에게 알려. 시간이 되었다고."

"명을 따릅니다."

카림이 움직였다.

"전고를 울려라!"

둥! 두웅! 두둥!

전고가 울렸다. 그에 기사들과 경기병들이 말고삐를 그러 쥐었다. 눈에는 가득 전의를 불태우고 말이다.

"전구운! 돌겨억!"

베르누크의 명이 떨어졌다. 30미터까지 솟아오른 완만한 경사를 가진 길이 완성되자마자 베르누크는 무려 5만에 이르는 경기병과 기사들에게 돌격 명령을 내렸다.

그리고 여전히 베르누크는 가장 선두에 서 있었다. 베르누크의 돌격은 양측 진영에 상당한 반향을 불러 일으켰다. 또한 양측에 결코 나쁘지 않은 결과로 말이다.

돌격해 오는 베르누크를 바라보며 벤투스 후작이 희게 웃었다.

"마법 병단에 이른다! 작전을 중지하라!"

"명!"

"레인 백작에게 명하노니 제이 브레이커 백작을 앞세워 적의 우측 날개를 자르라!"

"명!"

"전군에게 명하노니 성문을 열어 적을 맞이하라!"

"명을 따릅니다."

모든 명을 내린 벤투스 후작이 검과 방패를 집어 들었다.

그에 그의 호위 기사들이 따라 붙었다. 모든 성문이 열렸으니 적은 홀가분하게 돌격해 들어올 것이었다.

"그래! 한 번 싸워보자꾸나. 크카카캇!"

무엇이 좋은지 평소 침착했던 성정은 어디가고 흉신악살처럼 변해가는 벤투스 후작의 기세였다.

"공격 명령이 떨어졌습니다."

부관이 레너드에게 알렸다.

"알았다. 전군에게 일러 마법진을 활성화하라 전하도록!"

"명!"

부관이 빠져나간 사이 레너드는 자신의 애병인 3미터에 이르는 연검을 집어 들어 허리에 벨트처럼 둘렀고, 탁자 위에 올려져 있던 헬름을 덮어썼다.

"히르센! 피의 대가를 치러야 할 것이다."

레너드는 거칠게 닫혀 있는 막사의 입구를 열고 밖으로 향했다.

펄럭!

"브레이커 백작! 진격 명령이 떨어졌소."

레인 백작이 브레이커 백작에게 말을 전했다. 그에 브레이커 백작이 레인 백작을 바라보며 입을 열었다.

"드디어……."

브레이커 백작의 입이 열리자 레인 백작은 아무런 의심도 없이 레인 백작의 옆으로 다가오고 있었다. 명령을 이행하기 위해서였다. 그리고 레인 백작이 브레이커 백작의 옆에 서 뒤를 돌아보며 입을 떼려 할 때였다.

"전구운……."

뻐걱!

"으헉!"

"무, 무슨!"

브레이커 백작의 쇠몽둥이가 레인 백작의 머리통에 작렬했다. 사방으로 퍼져나가는 뇌수와 핏줄기들. 그것이 신호였던가? 브레이커 백작을 따라 온 10만의 병력이 갑자기 커다란 함성을 지르며 히르센 왕국의 병사들을 죽여 나가기 시작했다.

"와아아아~"

"죽여라!"

"한 놈도 살려두지 마라!"

너무나도 순식간에 일어난 상황에 귀족들과 기사들은 얼이 빠져 있었다. 그것은 병사들 역시 다르지 않았다. 특히나 브레이커 백작의 지근거리에 있던 로이 크로첸은 너무 놀라 입만 벙긋거리고 있을 뿐이었다.

레인 백작을 쳐 죽이고 그를 지키던 호위 기사 그리고 그를 따르던 주요 지휘관들을 모조리 죽이는 데 불과 5분도 걸리지 않았다. 그리고 아주 무심한 눈동자로 멍하게 서 있는 로이 크로첸을 바라보는 브레이커 백작이었다.

"로이! 나의 오랜 친구 로이! 네가 진정으로 나를 친구로 대했다면. 과거의 과오를 잊고 스스로 머리를 숙였다면 우린 진정한 친구가 될 수 있었을 것이다."

변했다. 마스터이지만 여전히 어리숙하고 생각의 한계를 드러내던 제이가 변했다. 로이의 얼굴이 분노로 변해갔다.

"나, 날 놀린 것이었더냐?"

"대체로 머리를 쓰는 놈들은 그렇더라. 세상에 자기가 제일 잘난 줄 알더라. 하지만 세상은 그리 만만치 않아. 똑똑한 이들이 정말 많이 있더라. 이 친구도 그중 한 사람이지."

그렇게 말을 하고는 머리를 돌리자 그 방향을 좇아 같이 움직이는 로이의 눈동자. 그곳에는 한 명의 사람이 있었으니 그는 다름 아닌 최초 스트랜 지역을 방문할 당시 보았던 집사 역할을 하던 자였다.

"소개하지. 현자의 탑의 부탑주를 맡고 있는 알렉산드르 알레힌 백작이다."

브레이커 백작의 소개에 살짝 고개를 숙여 보이는 알레힌 백작. 하지만 로이의 눈동자는 그를 보고 있지 않았다.

"어떻게 된……."

"멍청한 놈. 나는 마스터다. 그리고 이미 예정된 수순이었다."

간략하게 말을 하는 제이의 말을 그저 멍하니 듣고 있던 로이가 더듬거리며 한참 만에 입을 떼었다.

"이, 이 모든 거, 것이… 자, 작전이라고?"

서걱!

그때 들려오는 날카로운 소리.

로이는 여전히 멍한 상태로 있었다.

<u>스르르르</u>.

그리고 미끄러지듯 떨어져 내리는 로이의 머리.

그런 로이의 목을 쳐다보는 제이. 그의 눈동자는 무감정했다. 그러다 이내 주변을 둘러보는 제이었다.

"명령을 완수했습니다."

"좋군."

"다음 명을!"

다음 명을 내려달라는 기사. 그에 가볍게 쇠몽둥이를 흔들어 피를 털어낸 제이었다.

"피의 대가를 받아내야지."

"명을 받습니다."

제이는 말을 마친 후 말고삐를 그러쥐었다. 로이에게 선물로 받은 말이었다. 이전까지 제이의 거대한 체구를 견딜 만한 말이 없어 보통 뛰어다니던 제이였으나 이제는 그러지 않아도 되었다.

말고삐를 잡은 제이가 나머지 한 손으로 새까만 말의 목을 쓰다듬었다. 그에 기분이 좋은지 콧김을 푹푹 내뿜는 흑마였다.

"오늘은 피를 많이 보아야 할 때이다. 준비는 되었겠지?"

다정한 친구처럼 말의 목을 쓰다듬으며 말하는 제이였다.

"준비가 완료되었습니다."

부관이 달려와 모든 준비를 완료했다는 보고를 올렸다. 이미 보병들조차 히르센의 기병에게 빼앗은 말을 타고 있었으니 10만에 이르는 대규모의 기마병이 탄생한 것이었다.

"전구운! 돌격엇!"

"와아아아~"

말의 배를 힘껏 차올렸다. 전마들은 주인의 마음을 알기라도 하듯이 거친 콧김을 내뿜으며 튼튼한 두 다리로 대지를 박차기 시작하였다. 걷는 것보다 조금 빠르게 시작한 그들의 질주는 종내에는 대지가 푹푹 파이도록 굳건하게 내딛어 어느새 바람을 가르고 있었다.

제이가 그렇게 10만의 병력을 일으켜 자이칸 성으로 쇄도하고 있을 때 폴라리스 왕국군의 내부에서도 변란의 기운이 싹트고 있었다.

"단장, 이쯤에서 시작해야 하는 것 아니유?"

샤벨 타이거 용병단의 부단장인 게레로가 흥분한 얼굴로 옆을 보며 암스트롱 단장의 동의를 구했다. 이미 폴라리스 왕국군과 히르센의 왕국 군은 혼전에 접어들고 있었다.

그에 주전장에서 약간 빠져 난전을 준비하고 있던 용병들이 투입되기 바로 직전이었다. 폴라리스 왕국군은 용병들을 화살받이로 활용하는 것이 아니라 그들의 특기를 살려 난전에 투입하려 한 것이었다.

"그렇군. 시작하지."

용병들이 바로 난전에 투입되어 전장으로 뛰어들기 바로 직전 암스트롱 단장은 명을 내렸다. 그에 샤벨 타이거 용병단의 단원들은 거세게 함성을 지르며 폴라리스 왕국군을 향해 쇄도해 들어갔다.

바로 그때!

"어딜 가려는 게냐!"

콰차차장!

폴라리스 왕국군의 배후를 치려 들어가던 샤벨 타이거 용병단의 옆구리를 치고 들어오는 또 다른 용병단. 그 용병단은 다름 아닌 크레이지 울프 용병단이었다.

"네놈들은?"

경악에 찬 음성이 튀어나왔다. 암스트롱은 재빠르게 주변을 둘러보았고, 이내 탄성을 내뱉고 있었다. 어느새 샤벨 타이거 용병단은 둥그렇게 포위당하고 있었기 때문이었다.

10만의 용병 중 3만이 샤벨 타이거 용병단과 관계된 용병들이었다. 물론 그 속에는 히르센의 병사들도 있었고, 실제 용병들도 있었으며, 히르센의 기사들도 포함되어 있었다.

그래서 암스트롱은 완벽하다고 생각했다. 폴라리스 왕국을 완벽하게 속였다고 생각했다. 한데 아니었다. 완벽하게 속은 것은 바로 히르센 왕국이었다.

"우리가… 속은 것인가?"

나직하게 혼잣말을 할 때 샤벨 타이거 용병단을 둘러싸고 있던 용병들이 갈라지며 한 명의 인물이 암스트롱을 향해 걸어 나오고 있었다. 그는 다름 아닌 크레이지 울프 용병단의 단장인 셀브린이었다.

"히르센만 귀계를 생각해 낼 줄 알았나보지?"

셀브린의 말에 암스트롱과 게레로의 얼굴은 보기 좋게 일그러지고 있었다. 정말 그렇게 생각하고 있었다. 계획을 세움에 있어서 폴라리스 왕국이 모를 줄 알았다.

"쯧, 웃기는 놈들이군. 내가 생각할 수 있으면 남들 역시 생각할 수 있음을 왜 모르는지."

한심하다는 듯이 말을 하는 셀브린의 말에 암스트롱과 게레로는 솔직히 할 말이 없었다. 실제 그렇게 생각하고 있었으니까. 암스트롱이 굳어진 얼굴로 주변을 살펴보았다.

이미 전쟁은 시작되었다. 그리고 작전도 들통이 났다. 어떻게 해서든지 지금의 이 상황을 벗어나고 본진과 합류해야만 했다.

"쳐라!"

단 한마디였다.

"와아아아~"

3만에 이르는 용병이 자신들을 둘러싸고 있는 용병들을 향해 무기를 휘두르며 쇄도해 들어갔다. 하지만 그들을 둘러싸고 있는 용병들은 이미 짐작하고 있었던지 아주 침착하게 쇄도해 오는 히르센의 용병들을 맞이하고 있었다.

"준비된 궁수로부터 첫 세 발 조준 사격!"

"조준 사격 후 자유 사격!"

"준비된 마법사는 광역 마법을!"

"이후 자유 시전!"

화살이 빗발치고, 마법이 터져 나왔다. 물론 3만의 히르센 용병들도 궁수가 있었고, 마법사가 있었다. 하지만 너무나도 갑작스러움에 잠깐 그 사실을 잊고 있었다.

하니, 조직적인 공격이 이루어질 리가 없었고, 상대의 조직적인 대응에 오히려 겁을 집어 먹고 있었다. 이에 자신의 실책을 깨달은 암스트롱은 성난 포효를 시작했다.

"정신들 차려라! 궁수는 무얼 하는가? 마법사는 어디 있단 말인가!"

"궁수! 정렬!"

"마법사는 마법을 준비하라!"

씨우웅! 콰가가강!

"끄아아악!"

급급하게 궁수와 마법사를 준비했건만 이미 늦은 상황이었다. 거침없이 쏟아지는 화살과 마법은 히르센의 병사들을 강타하고 있었고, 여기저기에서 육신이 터져 나가는 소리와 심장에 화살이 깊숙이 박히는 소리가 들려왔다.

"이노오옴!"

암스트롱이 자신의 애병을 들고 셀브린을 향해 득달같이 달려들었다. 괴력의 암스트롱. 괜히 괴력이라는 호칭이 붙은 것이 아니었다. 보통의 용병이라면 두 손으로도 들기 어려운 거대한 슬러지 해머를 양손에 하나씩 들고 풍차처럼 붕붕 휘두르며 달려들고 있었다.

"맞서지 마라!"

그렇게 외친 셀브린이 바람을 가르며 암스트롱의 슬러지 해머를 막아섰다.

콰가가강!

마치 마법이 터져 나가는 듯한 거대한 폭음이 들려왔다.

쾅! 콰강! 콰강!

암스트롱은 자신의 분을 못 이겨 거침없이 양손에 쥐어진 슬러지 해머를 휘둘렀다. 그가 슬러지 해머를 휘두를 때마다 셀브린은 방패와 검으로 빗겨 막거나 튕겨내고 있었다.

"네놈 따위가 나를 막을 수 있더란 말이냐?"

고함을 치며 슬러지 해머를 휘두르는 암스트롱.

"같은 용병 단장끼리 내가 질 수는 없지."

한마디도 안 지는 셀브린이었다. 지금의 셀브린은 과거의 셀브린이 아니었다. 이미 수많은 전장을 돌아다녔고, 암스트롱보다 더 강한 강자들과도 무수한 실전을 거치면서 살아남은 셀브린이었다.

하지만 암스트롱은 그동안 용병단을 떠나 있었다. 실전 감각에 있어서 극명하게 차이가 날 수밖에 없었다. 하수라 할지라도 실전을 더 많이 치른 자가 유리하거늘 동수임에야 말해 무엇하겠는가?

처음에 그토록 거칠게 몰아붙이던 암스트롱은 이내 동등한 상황이 되고, 점점 자신이 수세에 몰리자 얼굴이 거무죽죽하게 죽어갔다.

'아~ 내가… 내가 너무 쉬었구나.'

그렇게 느꼈다. 상대가 점점 더 버거워지면서 슬러지 해머가 무거워지고 손발이 어지러워졌다. 그때 밤하늘에 유성이 긴 꼬리를 내며 떨어지듯 무엇인가가 암스트롱의 머리를 향해 떨어져 내리고 있었다.

마지막인 줄 알았다.

이미 슬러지 해머를 쥘 손아귀에 힘이 빠진 탓이었다.

콰강!

"크흐읍!"

질끈 눈을 감은 암스트롱의 전면에서 답답한 신음 소리가 들려왔다. 눈을 떠 바라보니 게레로가 쌍검으로 셀브린의 검을 막아내고 있었다. 하지만 게레로는 상급의 실력자이고 셀브린은 최상급의 실력자.

단 한 수에 낭패를 당하고 말았다. 막기는 막았으나 온전하게 그 충격을 흘리지 못하여 내부가 진탕한 것이었다. 급급하게 뒤로 물러나며 한 움큼의 핏덩이를 쏟아내고야 마는 게레로였다.

"다, 단장! 어서 피하시우!"

겨우 겨우 핏덩이를 삼키고 외치는 게레로였다.

"용기는 가상하다만은 과거의 내가 아니다. 게레로."

자신의 앞을 막아선 게레로에게 비릿한 웃음을 날린 셀브린이 득달같이 달려들어 힘에 겨워 겨우 버티던 셀브린의 목을 그대로 그어 내렸다.

서걱!

게레로의 목이 떨어져 내렸다.

"이, 이노옴! 죽어랏!"

그에 암스트롱이 불같은 노호성을 터뜨리며 셀브린에게
달려들었다. 하지만 이미 균형이 무너진 암스트롱은 손톱과
발톱 그리고 이빨까지 몽땅 빠져 숨을 헐떡이며 죽어가는 늙
은 샤벨 타이거일 뿐이었다.

"노친네 힘도 좋아!"

그 말과 함께 날아오는 슬러지 해머를 가볍게 방패로 막아
흘리고는 오른손에 쥐어진 검을 그대로 찔러 넣었다.

"커허억!"

암스트롱의 입에서 허파에 바람이 한꺼번에 빠져나가는
듯한 소리가 들려왔다.

"용병은 전장에 있을 때 용병인 것을. 무슨 큰 영화를 누리
겠다고 귀족들의 틈바구니에 끼어들었소. 실력이 된다고 귀
족들이 그것을 인정할 것 같소? 아닐 것이오. 그들은 당신을
그저 사냥개 정도로만 알고 있을 것이오."

셀브린의 말에 반박을 하고 싶었다. 하지만 창백하게 변해
가는 근육은 입술마저 굳게 하였다.

"아니라고 항변할 수도 있을 것이오. 하지만 당신 정도의 실

력이라면 최소한 백작의 작위는 충분할 것이오. 내가 알기로 히르센의 근위 기사단장이 백작이며 최상급이니까 말이오."

셀브린의 말에 암스트롱의 눈이 커졌다. 이미 모든 것을 알고 있었다. 둔중한 둔기로 머리를 두드려 맞은 것 같았다. 손아귀에 힘이 빠지고, 그나마 버티고 있던 튼튼한 다리에 힘이 빠졌다.

"모… 두… 알고 있… 었더냐……. 후욱!"

"애초에 모든 계략의 시작은 아국이었으니 말이오."

"허~ 허, 허, 허……. 그… 랬, 었, 군. 끄륵!"

암스트롱의 목이 꺾였다. 그에 가슴에 박았던 검을 꺼내 들고 피를 털어낸 셀브린이 광폭하게 외쳤다.

"한 놈도 살려두지 마라!"

"와아아~"

이미 셀브린이 샤벨 타이거의 단장과 부단장을 죽이는 것을 본 크레이지 울프 용병단의 단원들은 용기백배하여 거침없이 샤벨 타이거의 용병들을 주살하기 시작했다.

왼쪽 팔에 노란색 천을 두른 크레이지 울프 용병단은 샤벨 타이거 용병단을 정확하게 찾아 제거하고 있었다.

커다랗게 외친 셀브린은 검과 방패를 고쳐 잡고, 다시 전장 속으로 뛰어들었다.

CHAPTER
07
무너지는 히르센

자이칸 성의 우측을 담당하고 있던 첸늘러 백작의 눈에 일단의 군마가 보였다. 대략 10만에 이르는 군마로서 예정대로라면 약 20만의 병력으로 폴라리스 왕국 병력의 허리를 자르는 역할을 하는 것이었다.

그런데 이상했다.

20만이어야 할 병력이 겨우 10만 정도로밖에 보이지 않았고, 분명 히르센의 인장기가 있어야 했으나 히르센의 인장기도 보이지 않았으며, 레인 백작 가문의 인장기조차 보이지 않았다.

"도대체… 어?"

첸들러 백작의 눈에 의문이 떠올랐다. 분명 폴라리스 왕국군을 향해 쇄도해야 할 병력이 일제히 경계가 느슨하고 병력을 배치하지 않은 북문으로 몰아치더니 단숨에 북문을 깨뜨리고 난입하기 시작했다.

그리고 그 가장 선두에는 예의 몬스터와 같은 대단한 자가 시퍼런 오러 블레이드를 줄기줄기 뿜어내며 닥치는 대로 베어내기 시작했다. 그 비현실적인 상황에 첸들러 백작은 잠시 멍한 상태가 되었다.

'뭐지?

그냥 그런 느낌이었다. 분명 그 거대한 자는 아국의 회유에 넘어와 폴라리스 왕국군을 치도록 계획되어 있는 제이 브레이커 백작이었기 때문이었다.

"…각하!"

그때 첸들러 백작을 흔드는 무엇인가가 있었다.

"백작 각하! 명령을!"

"아!"

그제야 퍼뜩 정신을 차린 첸들러 백작이었다.

"이런! 배신이라니! 후위 예비 병력을 북문으로 돌려라! 어서!"

"명을 따릅니다."

부관과 일단의 기사가 부리나케 병력을 이끌고 북문으로
향했다. 이에 첸들러 백작은 또다시 외쳤다.

"통신 마법사! 통신 마법사는 어디 있는가?"

"통신 마법사 잭. 여기 있습니다."

"지급이다. 후작 각하께 이곳의 상황을 알리도록!"

"명!"

모든 계획이 완벽하다 생각했다. 그래서 서문과 서쪽 성벽
을 제외하고는 약간의 병력만 배치한 상황. 믿었던 자의 배신
과 함께 다가오는 위기. 첸들러 백작의 얼굴이 일그러지기 시
작했다.

"막아! 막으란 말이다!"

"돌을 던져!"

"불 붙인 통나무를 굴리란 말이다!"

바야흐로 전투는 다시 한 번 새로운 국면으로 접어들고 있
었다.

서문과 북문이 시끄러울 때쯤.

자이칸 성의 동문에도 이상한 조짐이 보이고 있었다.

"어? 저게 뭐지?"

"뭐가?"

"저~ 기 말이야."

“어? 뭐지?”

성벽에 붙어 경계하고 있던 경비병이 멀리서 보이는 일단의 먼지 구름에 의문을 품었다. 서문은 전투에 접어들어 치열하게 접전을 벌이고 있지만 서문을 공략하는 병력이 정반대편인 동문까지 점령하지 못한 상태.

서문의 요란한 소리와 쿵쾅거리는 소리만 들려올 뿐, 실제 실감하지 못하는 동문의 히르센 병력이었다.

“일단 보고를 올려야겠지?”

“그럼 당연하지.”

그때였다.

쒸이이익!

퍼벅!

“컥!”

“커헉!”

경비를 서던 두 명의 경비병이 목을 부여잡고 그대로 성벽 아래로 떨어져 내렸다. 그러한 현상은 비단 한 곳뿐이 아니라 동쪽 성벽을 경계하고 있던 모든 성벽에서 일어난 일이니 잠깐 사이에 동쪽 성벽을 지키던 경비병이 한 명도 보이지 않게 되었다.

“전속 전진!”

그 와중에 들려오는 외침. 그들은 다름 아닌 폴라리스 왕국 병사들이었다. 그 가장 선두에는 폴라리스 국왕의 눈 밖에 나 자이칸 성에서 꼬박 이틀 거리의 포브스 성에 있던 레너드였다.

포브스 성에 있어야 할 레너드가 대체 어떻게 자이칸 성의 동문을 공략할 수 있었을까? 그것은 바로 적의 눈을 가리는 의외성 있는 전략 때문이었다. 레너드가 포브스 성으로 갔다 했을 때 대부분의 사람들은 병력 역시 그를 따라야 했다고 생각할 것이다.

하지만 포브스 성에 간 이는 레너드 혼자였다. 아니, 레너드와 그의 호위 기사 그리고 부관과 약 1천에 이르는 병력이 다였다. 실제 그를 따라야 하는 병력은 그저 모습을 감춘 채 동문으로 이동하고 있었던 것이었다.

당연하다는 생각을 뒤집은 전략 덕택에 레니드는 1천에 이른 기병을 대동한 채 적이 경계하지 않는 지점 즉, 지름길로 가로질러 적의 경계와 눈을 피해 동문을 공략하게 된 것이었다.

동문에 가까워질 때쯤.

레너드의 3미터에 달하는 연검이 풀려져 나왔다.

그리고 붉디붉은 오러 블레이드가 펼쳐지고 낭창낭창하던 연검이 꼿꼿하게 대가리를 새웠다.

"부서져라!"

그 말과 함께 오러 블레이드를 시전한 연검을 동문을 향해 집어 던졌다. 밤하늘에서 떨어지는 유성처럼 거대한 성문을 향해 날아갔다. 그리고 마침내 그 가냘픈 연검은 성문에 닿자마자 맹렬하게 회전하며 성문을 무너뜨리고 있었다.

콰가가가각!

그때 자이칸 성의 동문을 수비하고 있던 히르센 왕국의 병사들이 소리 높여 외쳤다.

"적이다! 적이다!"

때대대대댕!

비상종이 요란하게 울려 퍼지고 급박하게 병력들이 성문을 향해 결집하기 시작했다. 하지만 그것은 시작에 불과했다. 10만에 이르는 바이큰족을 이끄는 레너드는 노도와 같이 성문 안으로 밀려들기 시작했다.

그 가장 선두에는 예의 레너드가 어느새 회수한 3미터에 달하는 연검을 휘두르고 있었다. 그의 앞을 가로막는 이는 없었다. 아니, 가로막는 모든 것을 잘라내고 있다고 하는 것이 옳았다.

레너드는 거칠 것이 없었다. 수많은 적병들이 그가 가는 길을 막아섰으나 그의 검 아래 핏줄기를 뿜어내며 대지 위에 몸을 뉘였다.

"저자다! 저자를 죽여라!"

그때 누군가가 레너드를 지목했다. 그의 대단한 무위에 수 많은 병사들이 죽어 나자빠지면서 그의 주변에는 둥그렇게 공간이 생겨날 정도이니 모르려야 모를 수 없었다.

"내가 바로 불의 마왕 레너드 베인이다! 그대들에게 피의 무게를 알려주기 위해 여기에 나섰다. 오너라! 대～ 폴라리스 왕국의 검을 보여주마!"

"죽엿! 죽이란 말이다!"

"저자를 죽이는 자에게 상금 천 골드를 주겠다. 원한다면 작위까지 주마!"

정신없었다.

정신없이 죽이라 명하고, 상금을 걸고, 모든 할 수 있는 것을 외쳐대었다. 그리고 인간의 욕망은 죽음이라는 공포를 이 거내게 하였디. 썰물처럼 갈라져 레너드를 피하던 병사들과 기사들이 밀물처럼 레너드에게로 향했다.

"좋구나!"

레너드의 무심한 동공과 냉막한 얼굴을 비집고 흘러나오는 말 한마디.

"오너라! 얼마든지 오너라! 죽음의 공포를 느끼게 해주마!"

독사의 이빨처럼 빳빳하게 고개를 쳐든 연검이 일도양단으로 기사를 베어가고, 어느새 낭창하게 변해서는 병사의 몸뚱아리를 감아 터뜨렸다.

"크아아아악!"

"아, 악마다! 악마야!"

"싫어! 나, 난 죽기 싫단 말이다!"

비단 레너드만 그러한 것이 아니었다. 레너드를 따른 바이큰족의 전사들 역시 그 무시무시함은 레너드와 다르지 않았다. 타고난 힘과 민첩성. 그리고 잘 조련된 그들의 힘은 풀 플레이트 메일을 걸친 기사들을 압도하고도 남았다.

"병력의 우두머리가 어찌 숨어 나오지 않는가? 나오라! 기사라면 귀족이라면 나와서 명예로움을 추종하라!"

레너드는 여전히 무표정하게 기사들과 병사들을 베어 넘기면서 차가운 목소리로 전장이 쩌렁하도록 외쳤다. 그 외침은 나서지 않으면 명예롭지 못하고 일단의 병력을 움직이는 우두머리도 아니라는 것이었다.

"이익! 이노옴! 나 에릭 체스터가 여기 있다!"

레너드의 격장지계가 통했음인가.

한 명의 기사가 노호성을 터뜨리며 레너드를 향해 일직선으로 달려오고 있었다. 많은 전투를 겪은 탓인지 에릭 체스터의 풀 플레이트 메일인 여기저기에 핏방울로 얼룩져 있었다.

레너드의 시선이 다가오는 기사를 향했다. 그리고 말고삐를 틀어쥐고 그에게로 달려 나갔다. 수많은 창검이 레너드를 노리고 몰려들고 있었다. 그에 레너드는 아예 말고삐를 놓아

버리고 말안장 옆에 있던 창을 꺼내들고 주변의 모든 것을 베어내기 시작했다.

"이놈! 멈추지 못할까?"

푸른 빛이 일렁이며 레너드를 향해 쏘아져 나왔다. 하지만 그것은 하나의 것이 아니라 수십 개의 푸른 빛이었다. 레너드를 향해 쇄도해 오는 이가 단지 노호성을 터뜨리는 우두머리만 있는 것이 아닌 그를 따를 호위기사까지 한꺼번에 쇄도해 오고 있는 것이었다.

따다다다당!

연검이 쏘아져 오는 수십 줄기의 푸른 빛을 때려내면서 귓등을 때리는 날카로운 소리가 사방으로 퍼져 나갔다. 그 모든 빛을 단 한 번의 휘두름으로 막아낸 것이었다.

"고작 이런 것으로 죽었더냐. 에르빈 롬멜! 이런 하잘것없는 것에 말이다!"

레너드는 분노하고 있었다. 분노하지 않으려 했으나 분노할 수밖에 없었다. 너무나 하찮았다. 자신이 마스터라서가 아니라 평소 자신과 대등하게 싸우던 롬멜 백작의 죽음이 안타까워서 외치는 분노의 일갈이었다.

쏴아아아~

레너드의 연검에서 해일과 같은 마나가 전면을 쓸어갔다. 그 기세가 얼마나 흉험한지 득달같이 쇄도해 오던 기사들과 전마가 움찔하여 뒷걸음질칠 정도였다.

"각하께서 위험하다! 막아라! 막아!"

누군가의 말에 병사들과 기사들이 해일처럼 밀려드는 레너드의 검을 육탄으로 막아갔다. 아니, 육탄으로 막는 것이 아니라 무기로 막았으나 무기를 자르고 무기의 주인마저 잘라내고 물밀듯이 에릭 체스터를 향해 쏘아져 나갔다.

"이익! 크아아압!"

쩌저저정!

에릭 체스터 백작은 전력을 다해 막아내었다. 수많은 기사들과 병사들이 몸으로 막아내었으나 그 기세가 전혀 들지 않은 레너드의 일검을 막아내었다. 하지만 그저 막아내었다는 것뿐.

"울컥!"

한 움큼의 핏덩일 게워내고야만 에릭 체스터였다.

에릭 체스터는 죽어가는 눈빛으로 레너드를 바라보았다. 마스터는 역시 마스터였다. 대등한 병력임에도 불구하고 성 안에서 방어하는 입장임에도 불구하고 완벽하게 지고 말았다.

물론, 방심을 유도한 기습이 있었기는 하지만 그렇다 해도 수성하는 입장에서 대등한 병력의 공성하는 병력을 막아내지 못한 것은 확실히 문제가 있음이었다.

“어떻게…….”

핏물을 게워낸 체스터 백작이 아직도 흘러내리는 핏물을 제대로 닦아 내지도 못하고 잇새 사이로 붉은 피를 머금으면서도 스스로에게 물었다. 이해할 수 없었기 때문이었다.

이틀 거리에 있는 병력이 어찌 공성하는 시각에 맞춰서 진군할 수 있느냐는 것이었다. 있을 수 없는 일이었다. 대규모 텔레포트 마법으로도 불가능하다. 1, 2천도 아니고 10만의 병력이거늘.

“너희는 나만 보았다. 병력을 본 것이 아니라.”

“……?”

레너드의 말을 이해 못하는 체스터 백작이었다.

“이해를 못하는군. 너희는 이렇게 생각했겠지. 내가 움직이면 반느시 병력이 같이 움직일 것이라고. 실제 나를 따르는 병력은 1천 정도 되었으나 그것만 확인하고 나머지는 확인하지 않았다. 그것이 너희의 실책이지.”

“아!”

그제야 깨달은 체스터 백작. 하지만 또 하나의 의문이 남았다.

“나머지 1천의 병력은 지름길을 이용했지. 이곳은 과거 바이큰 왕국이 있던 곳이지. 겨우 7년이나마 바이큰 왕국의 전사들은 이곳의 지리를 손바닥 보듯이 훤히 알고 있음이다. 나를 따르는 10만의 병력은 바이큰족의 전사들이니."

모든 것이 드러났다. 질 수밖에 없었던 전투였다는 것을 인정하지 않을 수 없었다.

"질 수밖에 없었던 것이로군."

"그렇지."

레너드의 인정에 체스터 백작은 허탈한 웃음을 지었다. 모두 속았다. 아니, 모두를 속였다. 하늘이 빙글빙글 도는 것 같았다.

서걱!

체스터 백작의 목이 떨어져 내렸다. 레너드는 체스터 백작의 목을 들어 외쳤다.

"너희에게 명을 내리는 사령관의 목이다. 살기를 바란다면 항복하라!"

"우와아아아!"

폴라리스 왕국군이 용기백배하여 함성을 질렀다. 그 반면에 히르센의 병사들은 망연한 표정을 짓고 있었고, 기사들은 악다구니를 쓰며 병사들을 독려하고 있었다.

서걱!

"죽여라! 최후의 일인까지 저항할 것이다!"

"항복하는 자! 내 검이 용서치 않을 것이다!"

히르센의 병력들은 여전히 저항했다. 그들은 죽지 않기 위해 항복해야만 했고, 죽지 않기 위해 싸워야만 했다. 하지만 강요된 충성은 곧 그 파탄을 드러내기 시작했다.

싸우는 자들보다 저항을 포기하고 항복하는 자가 점점 더 많아지자 히르센의 기사들도 귀족들도 어쩔 수 없었다. 그리고 종내에는 그들마저도 검을 던지고 말았다.

베르누크는 말을 몰아 앞으로 나아갔다. 날아오는 마법을 잘라 버렸고, 쏘아져 오는 화살을 쳐냈다. 돌덩이나 바윗덩어리는 할버드로 갈라 버리고, 물의 정령을 시켜 물의 방어막을 쳐 튕겨내었다.

그렇게 말을 몰아 가장 먼저 성벽에 도달했을 때 베르누크를 막아서는 일단의 기사가 있었다. 그리고 그 기사들 뒤로 한 명의 기사가 있었다.

베르누크는 직감할 수 있었다. 바로 이자가 히르센의 또 다른 마스터인 홀리오스 벤투스 후작이라는 것을. 그리고 자신을 막아선 일단의 기사들은 그들의 최후의 병기라는 것을 말이다.

베르누크는 말을 멈추었고, 그를 따르는 기사들과 경기병들은 그를 지나쳐 물밀듯이 자이칸 성으로 쏟아져 들어가고 있었다. 벤투스 후작과 기사들은 그러한 폴라리스 왕국의 병사들을 신경 쓰지 않았다.

어차피 자신들의 앞에 서 있는 한 명만 잡으면 이 모든 전쟁은 끝이 나니 말이다. 그들을 막을 필요는 없었다. 기사들과 병사들은 그에 맞는 기사들과 병사들이 맞아들일 테니까.

"홀리오스 벤투스 후작인가?"

"반갑소. 폴라리스의 국왕이자 기사들의 왕인 베르누크 아이젠이여!"

벤투스 후작은 극존칭을 하지 않았다. 적국의 왕일 뿐. 자신의 왕이 아니니까.

"이것들은 히르센의 최후의 병기인가?"

"미력하지만 선물 정도로 생각하시오."

"선물치고는 조잡하군."

"동의하긴 하지만 그래도 제법일 거요."

"오라!"

베르누크의 말에 다섯 명의 기사가 움직이기 시작했다. 그리고 그들이 검에서는 특이하게 칠흑같이 검은 오러 블레이드가 솟아올랐다. 모르는 이가 본다면 그것은 분명 마스터를 상징하는 오러 블레이드였으나 마스터에 오른 이가 본다면 그것은 비정상적인 오러 블레이드였다.

베르누크를 중심으로 사방으로 회오리치며 몰려드는 짙은 안개와 같은 어둠이 몰아쳤다.

"이따위 것."

후와아앙!

바람이 불었다. 베르누크의 주변으로 투명한 막이 생겨나고 맑은 바람이 불어 찐득하게 달라붙는 어두운 안개를 밀어내고 있었다. 그에 기사들이 검을 들어 베르누크의 머리에서 발끝까지 난도질하겠다는 듯이 곳곳을 찔러 들어왔다.

그에 베르누크는 할버드를 크게 휘둘러 쇄도해 들어오는 검을 쳐내고는 이내 할버드를 번개가 휘둘렀다. 위에서 아래로, 좌에서 우로, 우하에서 좌상으로 그리고 심장을 향해서 찔러 들어갔다.

단 한 번의 휘두름에 다섯 기사 모두를 공격한 것이었다.

콰드드득!

한 명의 기사가 비명조차 제대로 지르지 못하고 머리가 터져 나가며 허무하게 무너져 내리고 있었나. 동료라면 특히나 기사라면 그 모습에 일말의 분노라도 느껴야 할 것이 당연하나 남은 네 명의 기사는 전혀 그런 행동을 보이지 않았다.

다만, 조금씩 파탄이 드러나기 시작했는데 헬름에 가려는 눈이 점점 붉어지고 있었다. 보이지는 않지만 그들의 몸 전체를 두르고 있는 혈관이 툭툭 붉어지기 시작했다는 것도 느낄 수 있었다.

"역시 약물에 의한 강제적인 마스터인가? 시간 제약이 있는……."

베르누크의 음성은 담담했다. 과거에 비하여 형편없이 수준이 낮아진 현재의 마법 실력으로 강제적인 각성을 일으키는 약물의 복용은 분명하게 파탄을 일으키게 마련이었다.

과거 마도시대 역시 그러한 연구가 많이 있었으나 결국 완벽하게 마스터에 오른 이는 없었다. 그러함에도 불구하고 저급한 마법 실력으로 강제적 각성을 일으켰으니 그 시간과 폐해가 얼마나 클지는 보지 않아도 충분히 알 수 있음이었다.

베르누크는 이미 알고 있었다. 그거 드러내지는 않았으나 이미 마법과 정령에 있어서 일가를 이루었음에 저급한 마법의 수준을 어찌 모를 것인가? 그러하기에 베르누크는 담담할 수 있었다.

자신과 대적하는 기사들은 이미 죽은 것과 다르지 않았기 때문이었다. 또한, 안심하고 있었다. 대량으로 만들어진 것이 아닌 극소수로 만들어진 것이기 때문이었다.

그렇다면 문제될 것은 없었다. 어차피 이번 전쟁에서 승리를 하면 그 모든 것을 발견하여 즉시 폐할 것이니 말이다. 베르누크는 이 전쟁에서 패한다는 생각 자체가 애초에 없었다.

"하아압!"

쿠웅!

커다란 기합성과 함께 진각을 밟으며 앞으로 전진하는 베르누크의 신형. 빠른 듯하면서도 느렸으며, 직선인 듯하면서도 곡선을 그리고 있었다. 그의 신형이 향하는 곳은 네 방향을 점하고 있는 기사들이 있는 곳이었다.

남으로 향하여 할버드를 유려하게 그어 올렸다. 그것을 막아내던 기사의 검이 반듯하게 잘려 나가며 행동을 멈춘 기사의 중앙으로 혈선이 비쳐 들었다.

베르누크는 멈추지 않았다. 서로 향했다. 빙글빙글 돌면서 전진하는 베르누크를 향해 일직선으로 빠르게 찔러 들어오는 기사의 오러 블레이드.

쩌걱! 슈화아아악!

기사의 검첨과 베르누크의 할버드의 창끝이 마주쳤다.

전혀 표정의 변화가 없었던 기사의 눈과 눈동자가 한꺼번에 커졌다.

검이 갈라지고 있었다. 정확하게 혈조를 파 놓은 김의 중심을 타고 둔탁한 할버드의 창끝이 쇄도해 들어 왔다. 할버드의 창끝은 검의 중심을 쪼개고 기사의 손과 팔을 타고 오르더니 종내에는 도끼 날로 기사의 목을 베어버렸다.

다시 베르누크가 움직였다, 서에서 북으로. 북을 점한 기사는 이미 자신의 차례라는 것을 알고 있었는지 동을 점한 기사와 함께 공격해 들어오고 있었다.

북의 기사는 베르누크의 목을, 동의 기사는 베르누크의 심장을 찔러 들어왔다. 안개 같던 오러 블레이드가 선명하고 짙은 어둠으로 바뀌고 있었다. 베르누크의 신형이 살랑 흔들리더니 어느새 두 공세를 벗어나 북의 기사의 심장을 찔렀다.

푸격! 턱!

그때 북의 기사는 검을 버리고 심장을 찔러 들어온 베르누크의 할버드를 두 손으로 단단히 잡아버렸다. 그때를 같이하여 동의 기사가 득달같이 날아오르며 베르누크의 심장을 찔러 들어갔다.

베르누크의 미소가 짙어졌다.

후우우웅!

할버드를 잡은 베르누크의 손아귀에 힘이 들어갔다. 그리고 창끝에 기사를 매달고 그대로 심장을 찔러 들어오는 동의 기사를 향해 내려쳤다.

멈칫!

동의 기사가 멈칫거렸다. 도저히 일어날 수 없는 일이 일어났으니 당연한 것일 게다. 그 잠시의 시간. 할버드의 도끼날이 동의 기사의 머리를 조각내고 있었다.

퍼격! 쭈와아악!

동의 기사가 이등분되었다. 그러나 여전히 북의 기사는 할버드의 창날을 놓지 않았다. 북의 기사의 입에는 진득한 살소가 머금어졌다.

"죽. 는. 거. 다!"

파하아앙!

뚝뚝 끊어지는 말을 남기고 북의 기사는 스스로 몸을 터뜨려 죽었다. 자폭 공격이라 할 것이었다. 하지만 그것은 그저 허황된 수였을 뿐이었다. 어느새 베르누크의 주변에는 투명한 막이 형성되어 핏덩이와 함께 날아드는 육편 조각을 튕겨내고 있었다.

퍼버버벅! 치이이익!

투명한 막에 부딪힌 육편 조각은 극악한 독이라도 되는 듯이 검고 짙은 녹색의 연기를 내며 타오르다 사라졌다. 그리고 그 자리에는 다시 눈으로 좇을 수도 없을 만큼 빠르게 회복되고 있었다.

후두두둑!

베르누크는 힐버드에 묻은 육편 조각을 털어내었다. 그리고 비스듬하게 할버드를 내린 후 벤투스 후작을 바라보았다.

"당신, 마검사였소?"

"몰랐던가?"

"……."

베르누크의 말에 침묵할 수밖에 없는 벤투스 후작이었다. 실제 그에게 들려오는 정보 중에는 베르누크가 마법을 사용했다는 정보가 상당수 있었으니 말이다.

하지만 무시했다. 지금껏 마검사가 없었으니 말이다. 그저 우연히 고대 던전에서 얻은 아티팩트 중 하나라고 치부하였다. 한데, 아니었다. 베르누크는 진정한 마검사였다.

그것도 마법이 검술보다 상당히 떨어지는 비정상적인 마검사가 아닌 마법과 검이 한꺼번에 상승작용을 하는 진정한 마검사 말이다. 하지만 벤투스 후작 역시 모르는 것이 있었으니 정령에 관한 것이었다.

실제 베르누크는 마법을 쓰지 않았다. 정령을 썼을 뿐이었다. 하나, 정령이란 것은 고대의 역사서에서나 볼 수 있었던 것. 벤투스 후작이 알 수 있을 리가 만무하였다.

착각이었으나 그 착각 덕분에 벤투스 후작은 베르누크에 대하여 확실하게 자신의 생각을 정립할 수 있었다.

"우리는 스스로 무덤을 판 셈이로군."

"그렇지. 그 하늘 높은 줄 모르고 치솟은 자존만대함으로 인하여 스스로의 무덤을 판 셈이지."

베르누크의 말에 피식 웃어버리는 벤투스 후작이었다. 이상하게도 분노가 일지 않았다. 너무나도 차분해진 벤투스 후작은 주변을 둘러보았다. 그러자 승부욕에 눈이 가려져 보이지 않던 것이 보이기 시작했다.

이미 서문은 폴라리스 왕국군이 완벽하게 장하고 있었다. 그리고 북문 역시 장악되었다. 그곳에는 예의 대단한 거구의 사내가 수만의 병력을 휘젓고 있었다. 물어보지 않아도 알 수 있었다.

　그는 바로 완벽하게 포섭했다고 장담하던 제이 브레이커 백작이라는 것을 말이다. 바보라든지, 혹은 여전히 아둔할 것이라 예상했던 브레이커 백작은 오히려 군사부의 일원을 농락하고 있었다.

　또한 벤투스 후작 후면에서는 커다란 함성이 들려오고 있었다. 미루어 짐작컨대 아마 레너드 베인 후작일 것이다. 유일하게 남은 남문이 있을 것이나 이미 동서북문의 삼면이 점령당한 상황에서 남문은 그저 도망가기 위해 길을 터주는 꼴밖에 지나지 않았다.

　"모두가 당신의 계획이었던 것이었소?"

　"나에게는 현자의 탑의 당대의 수장인 카림 클라우제비츠 후작이 있네."

　베르누크의 말에 고개를 끄덕일 수밖에 없었다. 당대의 현자의 탑의 탑주. 벤투스 후작과 히르센의 귀족들 그리고 이스턴의 귀족들까지 현자의 탑을 너무 만만하게 보고 있었다.

　그리고 더 중요한 것은 바로 자신의 앞에서 평온하게 서 있는 폴라리스 왕국의 국왕인 베르누크 아이젠에 대하여 너무나도 모르고 있었다는 것이다. 물론 그 이면에는 북부의 귀족을 무시하고 너무나도 자존만대하던 것도 단단히 한몫을 한 것도 사실이었다.

"우리는 너무 안일했구려."

한순간에 10년은 더 늙어버린 벤투스 후작이 자조적으로 한 말이었다.

"더 기다려 줘야 하나? 알다시피 난 자네에게 피값을 받아야 해서 말이야."

베르누크이 말에 벤투스 후작의 눈썹이 꿈틀거렸다. 피값이라는 것. 그것은 바로 자신의 옆구리 칼침을 놓았던 이의 피값일 것이었다.

"당연히……."

그 말과 함께 벤투스 후작 역시 자세를 잡았다. 검과 방패. 전통적인 기사의 소양. 하지만 마스터에게 있어서 검만이 공격의 수단은 아니었다. 이미 병기의 길고 짧음이나 병기들이 가진 제각각의 역할을 극대화시킬 수 있는 능력이 주어지고 있었다.

검이나 방패나 모두 방어구가 될 수도 모두 공격을 위한 무기가 될 수도 있음이었다. 베르누크의 왼손이 들렸다. 그리고 손가락이 움직였다.

까딱! 까딱!

"자~ 와보라고. 실망시키면 안 돼."

마치 강해야 한다는 듯이 말을 하는 베르누크였다. 그에 자존심이 상한 벤투스 후작은 이마에 잔뜩 골을 팬 후 검과 방패를 잡아갔다. 자세를 잡은 이후 곧바로 공격으로 이어지는 벤투스 후작.

어디 한 번 막으려면 막아보라는 것이었다. 어디 한 번 마법 써보라는 듯이 검과 방패로 정신없이 베르누크를 향해 오러를 날리고 있었다. 마치 무언가에 삐진 어린아이처럼 말이다.

베르누크는 다가오는 검영과 방패의 그림자를 하나하나 쳐 내었다. 서두르지도 않았고, 분노하지도 않았다. 지극히 냉담한 표정과 마음을 읽을 수 없는 착 가라앉은 눈빛만 존재할 뿐이었다.

"겨우 이건가?"

실망했다는 베르누크의 음성.

"이제 시작인 것을. 너무 다급하오."

"보여라, 너의 실력을."

"차하앗!"

자존심이 있는 대로 상한 벤투스 후작은 어지럽게 검과 방패를 날렸다. 하늘에는 온통 검이 존재하였고 땅에는 모두 방패만이 존재했다. 어디에도 피할 곳이 없었으며 검과 방패에서 뿜어져 나오는 압박에 신형을 제대로 가누기조차 힘들었다.

하나, 베르누크는 여유로웠다. 마치 평지를 걷는 것처럼 검을 걷어내고 방패를 짓밟았으며, 오그라들어 핏줄이 탱탱하게 부풀어 오를 정도의 압력을 아무렇지도 않게 이겨내고 있었다.

그리고 할버드를 들어 올렸다.

"겨우 이거냐? 겨우 이거야?"

쉬이익! 쾅! 쾌앙!

방어를 도외시하였다. 아니 벤투스 후작은 공격을 할 수 없었다. 단순하게 내리쳐지는 할버드는 그를 움쭉달싹도 못하게 전신을 옭아매고 있었다. 마나를 최상으로 돌려 자신을 옥죄는 압력을 해소하고 방패를 들어 겨우 할버드를 빗겨 막았다.

"크읍!"

방패에서 손으로 팔로 어깨로 전해지는 무거운 파괴력은 전혀 상쇄되지 않고 그대로 온몸이 찌르르르 할 정도로 전해지고 있었다. 내려쳐지는 할버드의 가공할 공격력에 단단하기로 유명한 방패의 한쪽 귀퉁이가 떨어져 나갔다.

베어진 것도 아니고 단순히 충격에 의하여 떨어져 나가고 있었다. 베르누크는 단순무식하게 내려치는 할버드를 멈추지 않았다. 여전히 미친 듯이 벤투스 후작의 방패를 내려치고 있었다.

쾅! 쾌앙! 쾌앙!

"크흡! 큽!"

벤투스 후작은 연신 밀리고 있었다. 조금이라도 전해지는 충격을 해소해 보려고 안간힘을 썼으나 다 별 무소용이었다. 심지어는 방패가 아닌 검을 들어 할버드를 빗겨 막을 시간조차 주지 않았다.

방패가 너덜너덜해 지기 시작했다.

"겨우 이거였느냔 말이다. 겨우 이 정도에 롬멜 백작이 죽었느냔 말이다."

베르누크는 분했다. 결코 일대일로 죽을 롬멜 백작이 아니었다. 가진 바 무력은 최상급의 실력이었으나 그에게는 정령이 있었다. 정령이라면 이런 나약한 벤투스 후작에게 죽지 않을 것이었다.

"이런 개 같은!"

결국에는 답답한 마음에 벤투스 후작의 입에서 육두문자가 튀어나왔다. 답답했다. 공격조차 해보지 못했다. 상대는 마검사 이거늘 마법은 쓰지도 않았다. 오로지 할버드로만 공격하거늘 그 공격조차 상쇄시키지 못하고 있었다.

그리고 반격의 꼬투리도 잡지 못했다. 처음부터 지금까지 단 한 순간도 우위에 있다고 생각되는 구간이 없었다. 그래서 답답했다. 자신이 누구인가? 마스터이지 않은가. 마스터란 말이다.

"우와아아악!"

마나를 온몸에 돌렸다. 오버 히팅의 수법을 적용시켰다. 오버 히팅이라면 전투가 끝난 뒤 그 후유증이 만만치 않으나 이렇게 질 수는 없었다. 어떻게 해서든지 이 상황을 뒤집고 싶었다.

부와아아앙!

벤투스 후작의 전신에 피가 돌았다. 평소의 두세 배나 되는 피가 돌고 혈관이 확장되었다. 확장된 혈관으로 호호탕탕하게 마나가 질주하기 시작했다.

꿈틀 꿈틀.

핏줄이 툭툭 붉어지면서 근육이 벌크 업 되기 시작했다. 미친 듯이 달리고 싶고 미친 듯이 파괴하고 싶은 생각이 들었다. 일순 눈이 벌겋게 물든 벤투스 후작.

"나는 히르센 왕국의 마스터란 말이다!"

너덜너덜해진 방패를 버리고 두 손으로 검을 잡았다.

"크아아압!"

입은 크게 벌리고 눈은 충혈되었으며 꿈틀거리는 근육과 툭툭 불거진 핏줄을 과시하며 베르누크에게 반격을 실시하는 벤투스 후작이었다.

"그래. 발악을 해라. 롬멜 백작이 너에게 그러했듯 발악을 해보란 말이다."

카앙! 카강!

할버드와 검이 부딪혔다. 마나를 쓰는 것도 아니었다. 둘다 마스터이건만 마나를 쓰기보다는 오직 진신의 힘으로 싸우고 있었다. 아니, 마스터가 아닌 이들이 보기에는 분명 그렇게 보였다.

하나, 둘은 이미 마스터 중의 마스터. 굳이 힘을 낭비하는 오러 블레이드를 줄기줄기 시전하여 보여주지 않았다. 이미 마나가 압축되고 압축되어 각자의 병기 속에 녹아든 상황.

벤투스 후작은 이번 베르누크와의 전투를 계기로 또는 오버 히팅에 의한 것으로 마나의 압축을 알게 된 것이었다. 하지만 정작 벤투스 후작 본인은 그것을 인지하지 못하고 있었다.

지금 벤투스 후작이 가지고 있는 것은 오직 베르누크에 대한 살의뿐이었다. 상대를 죽여야 한다는 오직 하나의 목표. 그 이외의 것은 부차적인 것으로 기억 저 밑으로 빠져든 지 오래였다.

오직 공격. 공격만이 있을 뿐이었다. 간간히 살이 갈라지며 피가 뿜어져 나왔지만 벤투스 후작에게 있어서 그따위 피류의 상처쯤은 얼마든지 감내할 수 있었다.

"크하하하하! 이거지. 이거야."

속이 다 후련하다는 듯이 맹렬하게 평소 한 손으로 들고 휘두르던 대검을 두 손으로 휘두르고 있었다. 그러한 벤투스 후작의 행동에 처음에는 그 반응을 살피며 받아주던 베르누크는 이내 더욱더 싸늘한 시선으로 벤투스 후작이었다.

"겨우 자신이 마음조차 제대로 다스리지 못한 그런 마스터가 어찌 롬멜 백작을 죽일 수 있었을꼬. 롬멜 백작은 내 죽으면 혼이 많이 나야 하겠구만."

독백처럼 중얼거리는 베르누크였다.

실망이었다.

분명 여느 마스터와는 다른 조금 더 앞으로 나아간 마스터가 분명한 벤투스 후작이었다. 하지만 지금껏 벤투스 후작은 진정한 적이라 할 수 있는 자들을 만나보지 못했다.

즉, 좌절을 겪어보지 못했다는 것이다. 언제나 승리만 하던 벤투스 후작의 앞에 제대로 검조차 휘둘러보지 못할 상대인 베르누크라는 존재가 있었으니 심적인 압박이 오죽하겠는가?

해서 마스터로서는 극히 경계해야 할 오버 히팅을 사용하였다. 적당한 오버 히팅이라면 훌륭한 기술이 되겠으나 마음이 다급하고 상대방에 대한 불같은 노여움과 자격지심에 빠진 상황에서 오버 히팅은 결국 스스로를 버서커 상태로 빠지게 하였다.

너무 강대한 적.

넘을 수조차 없고, 마치 무한의 벽을 때리는 것 같은 느낌.

실패를 모르고 살았던, 오직 승리만 있었던 벤투스 후작에게는 충격이었다. 아국의 국왕인 로드리게스 폐하조차도 자신의 상대가 안 된다는 오롯한 자존심으로 살아왔으나 그것이 무참하게 짓밟히고야 말았다.

무한의 질투심과 시기심과 좌절.

베르누크는 그것을 읽을 수 있었다. 강한 척 절대 질 수 없다는 필승의 신념을 가진 벤투스 후작의 눈동자 깊은 곳에 심연처럼 자리 잡고 있는 그런 감정을 읽은 것이었다.

"아마 롬멜 백작은 이리 생각했을 것이다. 아무리 적이라할지라도 마스터는 마스터로 죽을 것이라고."

그 말과 함께 베르누크의 할버드가 크게 휘둘러졌다. 그에 정신없이 광기에 젖어 대검을 휘두르런 벤투스 후작의 동작이 멈추었다. 그리고 멍하니 하늘을 바라보았다.

"아… 름답다!"

벤투스 후작의 눈에는 수없이 많은 별이 한꺼번에 자신의 품으로 쏟아져 들어오는 착각을 일으키고 있었다. 평소 다가갈 수 없었던. 그래서 더 안타까웠고, 그래서 더 가지고 싶었던 별이 한꺼번에 자신의 품으로 쏟아져 들어오고 있었다.

텅!

양손에 움켜쥐었던 대검이 떨어져 나가고, 자신의 품으로 쏟아져 들어오는 별을 한꺼번에 품을 생각인지 양팔을 벌려 별을 맞이하는 벤투스 후작이었다.

퍼버버버벅!

순간 수십 수천의 별의 벤투스 후작을 관통하고 지나갔다. 하나, 드러난 벤투스 후작의 몸은 아무런 외상조차 없었다. 벤투스 후작은 마치 무언가 후련하다는 웃음을 지어보였다.

휘우우웅!

전장에 바람이 불어왔다.

양팔을 벌려 하늘을 향해 있던 벤투스 후작의 손끝에서부터 서서히 바람에 쓸려 나가기 시작했다. 손이, 팔이, 머리가, 목이, 몸이, 다리가 서서히 쓸려 나가기 시작했다.

베르누크는 무감정하게 그러한 벤투스 후작의 곁을 걸어갔다. 그리고 자신의 손에 쥔 할버드를 더욱더 강하게 쥐고 아직도 전투가 한창인 전장의 한가운데로 뛰어들었다.

"내가 바로 대폴라리스 왕국의 국왕 베르누크 아이젠이다! 나에게 오라! 나에게 오란 말이다!"

전장을 쩌렁하게 울리는 베르누크의 외침.

이미 많은 이들은 그를 막아서는 다섯의 기사들의 죽음을 보았으며, 시신은커녕 핏방울 하나 남기지 못하고 먼지가 되어 스러지는 벤투스 후작을 보았다.

　몇몇의 병사들은 좌절하여 무기를 버리고 머리를 감싼 모습으로 벌벌 떨며 미친 듯이 항복을 외치고 있었으며, 그러한 병사를 본 기사들은 그들의 손에 쥔 검으로 직접 그러한 병사들의 목을 쳐 내렸다.

　“히르센은 절대 지지 않는다!”

　“히르센은 죽을지언정 결코 목숨을 구걸하지 않는다!”

　비분강개하여 외치는 기사들과 귀족들의 외침에 절망에 떨던 병사들은 다시 일어나 검을 쥐고 창을 쥐었다. 하지만 모두 그러한 것은 아니었다. 기사들이나 귀족들은 어떤 목표가 있고, 무엇인가를 가진 자들이지만 병사들은 그렇지 않았기 때문이었다.

　그러한 가운데 북문에서 들려오는 아련한 소리.

　“나는 투마왕 제이 브레이커다. 피의 대가를 받으러 왔노라!”

　“우와아아아~”

　오금이 저릴 정도의 커다란 함성이 들려오고 있었다. 비단 북쪽에서만 그러한 소리가 들려오는 것이 아니었다.

　“나는 불의 마왕 레너드 베인이라 한다. 나의 의동생인 에르빈 롬멜 백작의 목숨값을 받으러 왔노라!”

　“죽여라! 죽여!”

　“대폴라리스 왕국의 영광을 위하여!”

남문을 제외하고는 모든 방향이 점령당했다. 마스터가 무려 세 명인 폴라리스 왕국의 병력. 그것은 50만이든, 백만이든 상관하지 않고, 적에게는 극한의 두려움과 공포를 안겨주었다.

기사들과 귀족들의 외침에 겨우 정신을 차리고 검을 들었던 병사들은 이제는 아예 몸을 숨기고 무기를 버리고 남쪽 성문을 향해 내달리고 있었다. 살아야 하겠다는 하나의 신념 때문이었다.

"항복하면 살려주겠다!"

"항복하라! 항복하라!"

전장의 여기저기에서 항복하라는 말이 수없이 외쳐졌다.

"으득! 항복이라니! 어찌 대히르센 제국의 적통인 히르센의 왕국민이 항복을 한단 말인가? 전진! 전진하라!"

그 와중에 검을 휘둘러 도망가는 병사의 목을 베어버리고 고래고래 악을 쓰는 첸들러 백작이었다. 이미 그의 풀 플레이트 메일은 피칠갑을 한지 오래였다.

평소 벤투스 후작의 성정에 가려 정통 기사처럼 보였던 첸들러 백작이었으나 벤투스 후작이 없는 지금 그는 한 마리의 악귀가 되어 보이는 모든 것을 베어 넘기고 있었다.

그러한 어느 순간.

카아앙!

“이익! 누구냐? 누가 감히 나의 검을 막는가!”

막힐 것 같지 않았던 검이 막혔다. 그에 눈이 벌게져 피의 전장에 푹 빠져 있던 첸들러 백작의 붉은 눈이 자신의 검이 막힌 곳을 바라보았다. 그곳에는 자신보다 어깨 하나가 더 큰 인물이 존재했다.

시꺼멓고 거대한 동체.

“제이 브레이커다!”

“뭐?”

쉬아아악! 퍼걱!

그것이 첸들러 백작의 마지막 한마디였다. 머리를 잃은 몸은 잠시 움찔거리며 그 자리에 서 있다 이내 뻣뻣하게 뒤로 넘어가 대지 위에 몸을 뉘였다.

“사, 살려 주십시오!”

“항복! 항복!”

여기저기서 검을 내려놓고 병장기를 집어던지는 병사가 속출했다. 제이는 무심하게 그들 사이를 지나갔다. 그가 가는 곳은 여전히 수많은 병력에게 둘러싸여 있는 자신의 의형이 있는 곳이었다.

자이칸 성의 외곽은 정리되었으나 여전히 중심에 몰려 있는 적들은 강하게 반발하고 있었다. 그럴 수밖에 없는 것은 그들은 실제 이 자이칸 성을 움직이는 실세들이었기 때문이었다.

　그런데 베르누크는 지금 홀로 그 한가운데에 뛰어들어 그들과 맞서고 있는 것이었다. 그 모습에 제이가 히죽 웃었다. 그리고 크게 소리를 지르며 말을 박차고 날아올랐다.

　"으아아아~"

　제이가 뛰어내린 곳.

　그곳은 바로 베르누크가 있는 곳이었다.

　"으하하하하! 형님 폐하! 어찌 이 좋은 재미를 혼자 차지하려 하오!"

　그때였다.

　또 한 명의 기사가 베르누크와 제이가 있는 곳으로 난입해 들었다.

　"아무리 국왕 폐하라 하지만 친구를 저버리면 아니 됩니다."

　폴라리스 왕국의 세 마스터가 모였다. 그들은 찰나의 순간 서로의 눈동자를 보며 희게 웃었다.

　베르누크가 하늘을 올려다보았다.

　"에르빈, 너를 위한 진혼제가 시작되었다."

　쿠후우우웅!

　세 명의 마스터가 날뛰기 시작했다. 아니, 그것은 날뛴다고 하기보다는 한 명을 위한 진혼의 검무라 할 것이었다. 진득한 검붉은 피가 허공을 수놓았고, 귀청이 찢어져 나가도록 외쳐지는 비명 소리는 진혼의 노래라 할 것이었다.

"아, 악마들이다!"

"마스터! 저들은 마스터다!"

"나이트 킹! 진정 나이트 킹이다!"

병사들이나 기사들이 귀족들 할 것 없이 모두 넋이 나가버렸다. 세 명이 마스터가 움직이는 그 모습은 진정 형언할 수 없는 감탄을 자아내기에 충분했기 때문이었다.

아군이든 적군이든 상관이 없었다. 그저 쥐고 있는 병장기를 휘두르지 못하고 그들의 진혼제를 바라볼 뿐이었다.

그러기를 한참.

한 명, 두 명 검을 내려놓고, 스스로 무릎을 꿇어 항복했고, 어떤 기사들은 그 놀라운 광경에 눈물을 흘리며 통곡했으며 어떤 귀족들은 주변을 돌아보며 허탈하게 웃었다.

자이칸 성이 다시 회복되었다.

그로 인하여 히르센 왕국은 회복하기 힘든 타격을 입었음은 분명하였다. 물론 히르센만은 아니었다. 이스턴 왕국은 히르센보다 더욱 처참한 지경에 이르고 있었다.

폴라리스 왕국군은 진군을 하되 왕국민은 건드리지 않았다. 오히려 그들에게 먹을 것과 생필품을 나누어 주었으며, 노예를 해방시키고 있었다. 이에 이스턴의 왕국민은 이스턴보다는 폴라리스 왕국을 더 환대하게 되었고, 수많은 이가 이스턴보다는 폴라리스 왕국군으로 참전하기를 원하고 있었다.

CHAPTER
08
최후의 결전

Knight King

히르센 왕국의 국왕 티아고 로드리게스 히르센 폰 그라한
과 이스턴의 국왕 알렉산도르 밀리예프 이스턴 폰 그리피너
스.

그 둘이 마주 앉아 있었다.

"오랜만이구려."

"그렇군. 정말 오랜만에 만나는구려."

둘은 상대를 바라보며 담담하게 말을 잇고 있었다. 과거 동
부와 남부를 대표하는 귀족 시절 몇 번의 만남이 있은 이후
수십 년을 격하여 히르센이 멸망할 당시 황도에서 얼굴을 맞

부딪힌 후 다시 한자리에서 서로의 얼굴을 마주 보고 있는 것
이었다.

"그동안 참으로 격조하였소이다."

"허허, 그렇구려. 과거 황도 이후 얼추 20년 만인가 하
오."

"허허허, 벌써 그렇게 오랜 시간이 지났구려."

과거를 회상하는 두 왕국의 국왕은 잠시간 말을 잇지 못하
였다. 그것이 과거에 대한 회한인지 아니면 현실에 대한 분노
인지는 알 수 없는 상황이었으나 분명한 것은 그 둘이 한자리
에 모인 연유일 것이었다.

"단도직입적으로 말하겠소. 아국은 히르센의 힘이 필요하
오."

먼저 입을 연 것은 밀리예프 국왕이었다. 먼저 입을 열었
다 해서 그만큼 더 상황이 안 좋다는 말은 아니었다. 이스턴
왕국이나 히르센 왕국 모두 발등에 불이 떨어진 상황이었
다.

두 왕국 다 최후의 병기라 할 수 있는 마스터가 죽었다. 이
스턴 왕국은 나이젤 후작이 히르센 왕국은 벤투스 후작이 말
이다. 물론 히르센 왕국의 국왕인 로드리게스 본인이 마스터
이기는 하나 아무리 마스터라고는 하나 속절없이 흐르는 시
간은 거스를 수 없음이었다.

"아국이 어찌하면 좋겠소."

로드리게스 국왕이 입을 열었다. 그도 역시 이스턴 왕국의 힘이 절대적으로 필요한 시점이니까 말이다. 이럴 때는 체면이나 자존심을 버리는 것이 좋았다. 물론, 너무 과한 요구조건만 아니라면 말이다.

"단 한 번의 대회전으로 이 모든 것을 정리할 생각이오."

"단 한 번의 대회전이라……."

밀리예프 국왕의 말에 말을 받아 흐리는 로드리게스 국왕이었다. 하긴 그러는 편이 좋았다. 단 한 번의 패배였으나 그 패배는 국운을 좌지우지할 정도로 큰 타격으로 다가오고 있었음이니 당연한 것일 게다.

게다가 왕국민의 민심이 묘하게 자국을 지키자는 쪽으로 흐르는 것이 아니라 오히려 폴라리스 왕국 쪽으로 흐르고 있었다.

그 첫 번째 원인은 바로 폴라리스 왕국과 이스턴 왕국 그리고 히르센 왕국 모두가 과거 히르센 제국의 신민이었다는 것이었다. 오랫동안 갈라져 있으나 결국 그 뿌리는 하나라는 것이었다.

그리고 그 뿌리가 하나임에 가장 강하고 튼실한 뿌리를 가지고 가장 푸르른 잎을 가진 폴라리스 왕국으로 다시 합병되는 것이 순리에 맞는다는 것이었다. 그것은 바로 각 왕국민들이 이제는 지쳤다는 것이었다.

그리고 폴라리스 왕국은 그 무섭다는 바이큰족을 흡수했고, 노예 제도가 없었으며, 귀족들의 횡포 역시 없다는 것이 가장 크게 민심 속으로 파고든 것이기도 했다.

그러한 첫 번째 연유와 맞물려 두 번째 연유는 과거 히르센 제국의 비운의 일황자가 바로 폴라리스 왕국의 왕세자라는 것이었다. 이미 성을 아이젠으로 바꾸고 스스로 베르누크 아이젠의 아들이라 했으나 그 근본이 완전히 바뀐 것은 아니었다.

그 근본이라는 것은 바로 세상 사람들의 인식을 말하는 것이다. 낳은 정과 기른 정이 있다고 한다. 히르센 제국은 현 폴라리스 왕세자를 낳았으며, 폴라리스 왕국은 현 왕세자를 길렀다.

어느 것 하나 바꿀 수 없는 사실이라는 것이었다. 아무리 이스턴이 과거의 황도를 관리하고 있고, 히르센이 사용인장을 가졌다 하나 히르센의 적통이 살아 있음에 그 모든 것을 무색케 하는 것이 바로 죽은 줄 알았던 비운의 일황자일 것이었다.

마지막으로 세 번째는 가장 많은 마스터와 가장 많은 마법사들 존재하는 현존하는 세 왕국 중 가장 강하다는 것이었다. 과거 유약했던 제국에 대한 반발일 수도 있겠으나 세 왕국의

왕국민은 오랜 전쟁으로 피폐해진 정신과 육체 때문에 이제
는 그만두었으면 하는 바램이었다.

이미 제국 말기부터 근 반백 년을 넘게 끌어온 혼란이었다.
이 혼란을 누군가는 종식시켰으면 하는 바람이었고, 이왕이
면 가장 강하고 신분의 장벽이 허물어진 폴라리스 왕국의 승
리로 끝이 났으면 하는 바람이었다.

거기에 결코 폴라리스 왕국에 대한 소문이 나쁘지 않았다
는 것도 한몫을 단단히 하고 있었으니 실제 왕국의 근간이 흔
들리고 있음을 모르지 않을 두 왕국의 국왕들이었다.

힘을 합칠 명분과 필요성이 다분하였다. 폴라리스 왕국만
무너뜨린다면 꽤 괜찮았다. 이스턴은 북부를 흡수하고 히르
센은 서부를 흡수한다면 꽤 훌륭하게 안착할 수 있기 때문이
었다.

"그들이 그것을 받아줄지가 의문이오."

로드리게스 국왕이 마침내 입을 열었다.

"본 왕이 아는 그라면……."

확실히 밀리예프 국왕이 아는 베르누크라면 단 한 번의 대
회전을 쾌히 승낙할 것이었다. 그 또한 더 이상의 피해를 원
치 않을 것이기 때문이었다. 또한, 그는 언제나 자신만만하였
으니 말이다.

궁극적으로 그는 병사를 아꼈다.

아마도 그것이 지금의 폴라리스 왕국이 있게 한 원동력이지 싶은 생각이 어렴풋이 들기는 했다.

"사절을 보내야 하겠구려."

"그래야 하겠지요."

"누가 좋겠소."

"어차피 한 왕국의 사절만으로 그들이 믿어줄 것 같지 않으니 두 왕국의 사절을 동시에 보내는 것이 어떻겠소. 장소는 빅토리아 평원으로 하고 말이오. 양측 다 준비해야 할 시간이 있으니 약 한 달의 시간을 두고 말이오."

밀리예프 국왕은 이미 모든 것을 예상했다는 듯이 막힘없이 자신의 주장을 펼쳤다. 그에 로드리게스 국왕은 별로 나쁘지 않은 듯 고개를 주억거렸다. 사실 상관없었다.

주 전장이 이스턴 왕국의 영지가 되었든 히르센 왕국의 영지가 되었든 말이다. 아니, 오히려 주 전장이 이스턴 왕국의 영지가 됨에 더 좋다고 할 수 있었다.

이번 대회전에서 연합군이 승리한다면 전장에 대한 피해를 복구할 필요가 없으니 말이다. 다만, 우호적인 입장에서 약간의 도움을 주면 되니 말이다.

"좋소. 아국에서는 로버트 오펜하이머 후작을 사신으로 보내겠소."

로드리게스 국왕은 자국의 군사장으로 있는 오펜하이머

후작을 보내겠다고 했다.

"하면 아국에서는 어니스트 멘테스 공작을 사신으로 보내 겠소."

한쪽은 공작이요, 한쪽은 후작이었다. 당연히 연합군이기에 공작 쪽을 제안한 이스턴 왕국이 사신단장을 해야만 했다. 공동 사신단장을 하기에는 그 모양새가 우습기 때문이었다.

"하면, 멘테스 공작을 사신단장으로 하면 되겠구려."

로드리게스 국왕이 먼저 입을 열었다. 별로 나쁘지 않았다. 주 전장이 이스턴의 영지이니 사신단의 단장쯤은 이쪽에서 한 발 물러나 줘야만 했다. 그것이 상대방의 심기를 거스르지 않을 최선이었으니 말이다.

어차피 연합을 히고지 했다면 어떻게 해서든지 연합을 성공시켜야만 하는 것이었다. 괜한 자리싸움 때문에 큰일을 그르칠 수 없음이었기 때문이다.

"고맙소. 하면 사신들이 꾸려지는 대로 출발시키도록 하겠소."

"찬성하오."

베르누크가 서신을 탁자에 내려놓았다. 그의 좌우에는 레너드와 제이 그리고 카림이 앉아 있었으며, 그의 맞은편에는 사신으로 온 멘테스 공작과 오펜하이머 후작이 공손하게 서 있었다.

"한 달 후라⋯⋯. 글라우제비츠 경이 보기에는 어떻소?"

"어차피 지지부진한 전쟁. 한 번의 대회전으로 마무리 지을 수 있다면 결코 나쁘지 않을 것이라 판단되옵니다."

카림의 의견에 고개를 끄덕인 베르누크였다. 그리고 다시 그의 시선은 레너드에게로 향했다.

"왕국민이들이 많이 지쳤사옵니다. 또한 계속된 전쟁으로 병사들 역시 지쳤사옵니다. 이제는 조금은 편해질 때도 되었다고 사료되옵니다."

"그렇군."

레너드 역시 카림과 다르지 않은 의견을 내놓았다.

"그러도록 하지. 한 달 후 빅토리아 평원에서 보도록 하지."

"성은이 망극하옵니다."

사신으로 온 멘테스 공작과 오펜하이머 후작이 허리를 깊숙이 묻으며 고마움을 표하고 그대로 막사를 물러났다.

"총력전이라는 것인가?"

"그들이 택할 수 있는 최고의 수일 것입니다."

"그렇겠지."

예상 못한 제의였으나 그리 당황할 문제도 아니었다. 당황한다고 해서 달라질 것도 없으니 말이다.

"카이시스 대공께 전하게. 간자들을 색출하고 마법 사단을 빅토리아 평원으로 집결시키라고."

"명을 받습니다."

하지만 베르누크의 명을 거기에서 끝나지 않았다.

"그리고 이스턴을 공격하고 있는 왕비에게 전해 빅토리아 평원으로 병력을 집결토록 전하게."

"그 또한 폐하의 뜻대로 이루어질 것입니다."

카림이 물러났다. 세부적인 작전도 있지만 각 군에 전하는 명령까지 있으니 당연한 것일 게다.

"이제 마지막이런가?"

"아마도 큰 전쟁은 이것이 마지막일 듯합니다."

물론 그러했다. 하나로 통일이 되어 제국이 된다고 하여도 당분간은 불안한 요소가 많을 것이다. 크고 작은 분란이 일어나게 마련이니까 말이다. 또한 폴라리스 왕국이 지향하고 있는 노예제 철폐와 단승 귀족제도는 상당한 진통이 있게 마련이니까.

하지만 그것은 그때의 이야기이다. 지금은 이 마지막 대회전에 집중해야 할 때일 것이다.

"끝나면 작위 떼고 직위 떼고 술 한잔하자고."

애써 활달하게 말을 하는 베르누크의 말에 레너드는 피식 웃었다. 친구로서 만나자는데 나쁠 것이 없었기 때문이었다. 기실 자신이 기사이기는 하나 지금 상황에서는 어느 정도 지쳐 있는 것도 사실이었으니 말이다.

"그때를 기억하도록 하겠습니다."

그렇게 일생일대의, 혹은 마지막이 될지 모르는 빅토리아 평원의 대회전은 결정이 났다.

둥! 두웅! 두둥!

한 달 후.

삼국의 국왕이 결정한 마지막 한 번의 대회전을 위해 모인 빅토리아 평원은 아침부터 전과 뿔 나팔 소리로 시끌벅적했다.

이스턴의 병사든, 히르센의 병사든, 혹은 폴라리스 왕국이 병사든 간에 그들 역시 이번 전투가 지금까지의 모든 전쟁에 있어서 종지부를 찍을 전투라는 것을 알고 있었다.

그래서 그러한지 평소와는 전혀 다른 의미심장한 표정으로 서로 상대방을 쏘아보며 전의를 불태우고 있었다.

폴라리스의 병력은 테레이지아 왕비와 구데리안 공작이 이끄는 좌군 35만, 베인 후작과 브레이커 백작이 이끄는 우군 35만, 베르누크와 바이큰족의 대족장 클레이튼이 이끄는 병력 20만으로 총 90만의 대군이었다.

그동안 이스턴과 히르센을 상대로 전투를 치르면서 무려 150만의 병력을 투입했던 폴라리스 왕국이었다. 과거 바이콘 왕국과의 전투에서 마지막에 60만의 병력을 투입했던 것과는 천양지차의 병력이었다.

하나, 그 150만이었던 병력이 이제 90만으로 줄어들어 있었다. 그만큼 이스턴 왕국과 히르센 왕국과 치른 전쟁이 치열했다는 반증이라 할 것이었다.

빅토리아 평원은 그야말로 서북 대평원과 맞먹을 정도로 넓은 평원이었다. 그 넓이가 어찌나 넓은지 서북 대평원을 제외하고 지평선을 볼 수 있는 곳은 이 빅토리아 평원밖에 없다고 할 정도였다.

그러한 빅토리아 평원에는 무려 200만에 가까운 병력이 몰려 있었다. 폴라리스 왕국군 90만에 이스턴 왕국군 50만 히르센 왕국군 53만이었으니 그 넓던 빅토리아 평원이 다 가려질 정도였다.

어지럽게 울리던 전고와 뿔 나팔 소리가 사라졌다.

아주 잠깐의 정적이 흘렀다.

그리고 이윽고 울려 퍼지는 소리.

"궁수! 사격 개시!"

먼저 선공을 개시한 곳은 역시 이스턴과 히르센의 연합군 쪽이었다. 그들 역시 폴라리스 왕국과 전투를 치르면서 무기가 많이 개량되어서인지 원거리 사격을 개시하였다.

"방패병! 방패 위로!"

"마법사는 방어 마법을!"

폴라리스 왕국군은 당황하지 않았다.

이스턴과 히르센 연합군 쪽은 모르겠으나 폴라리스 왕국
군은 야전지침이 있어 그런 야전 지침에 따라 정확하고 신속
하게 움직여 나갔다.

투다다닥! 티디디딩!

"전군! 완보 앞으로!"

척! 척! 척!

화살을 맞으며 폴라리스 왕국의 병사들이 움직였다. 절도
있는 발 구름으로 한 발 한 발 움직일 때마다 대지가 울리며
그 소리가 빅토리아 평원 전체를 울렸다.

90만이 한꺼번에 움직이는 그 장대한 위압감이란 이루 말
할 수조차 없을 정도로 엄청나고 대단하였다. 하나, 이것은
전쟁. 그러한 움직임에 그저 가만히 자리만 보존하고 있을 이
스턴과 히르센의 연합군이 아니었다.

"전군! 완보 앞으로!"

폴라리스 왕국군과 똑같은 명령이 떨어졌다. 그에 103만의
연합군이 움직여 나갔다. 여전 화살은 폴라리스 왕국의 병력
을 향해 쏟아지고 있었다. 그리고 잠깐의 비어 있는 시간에

폴라리스 왕국군은 기회를 잡아서인지 득달같이 화살을 쏘아 올렸다.

점점 가까워지는 두 진영.

그리고 마침내 두 눈으로 적의 군장까지 확연하게 알아볼 수 있을 정도의 거리에 도달했을 때 폴라리스 왕국 진영에서 또 다른 명령이 하달되었다.

"마법사단! 준비된 자로부터 마법 공격 개시!"

"파이어볼(Fire Ball!)!"

"파이어 레인(Fire Rain!)!"

"체인 라이트닝(Chain Lightening!)!"

그 말과 함께 광역 마법이 시전되었다. 수천에 이르는 마법사들이 한꺼번에 쏘아올린 마법은 그야말로 장관이었으며, 푸르른 하늘이 붉은 하늘이 되었고, 그 속에 번쩍이는 뇌전이 쏟아지기 시작했다.

그때였다.

쿠구궁! 쿠궁!

폴라리스 왕국군의 마법 공격을 받으면서 여전히 진군을 계속하고 있는 이스턴과 히르센의 연합군. 또한 폴라리스 왕국군의 마법 공격을 방어하는 두 왕국의 연합 마법 병단이 있는 곳을 중심으로 뇌성이 일기 시작했다.

그에 연합 마법 병단의 병단장을 맡고 있는 블라디미르 크람나크 백작은 순간적으로 솟아오르는 불안감에 식은땀을 흘려야만 했다.

'이건 대규모의 마나 유동. 대체 무엇이냐?

하늘에 구름이 몰려들고 있었다. 그리고 불의 비가 쏟아지고 있었고, 뇌전이 땅으로 내리치고 있었다. 원활하게 적의 마법을 방어하고 있으나 솔직히 쉽지 않았다.

마법 병력이 이쪽보다 폴라리스 왕국 쪽이 훨씬 더 많고 강력했기 때문이었다. 그런데 아주 잠깐이지만 대규모의 마나 유동이 일어났음을 느낄 수 있었다.

'설마 7서클의 대마법사가 이 전쟁에 참여했다는 말인가?

그렇게 생각할 때였다.

까마득히 높은 한 지점에 세 개의 점이 보였다. 그저 점일 뿐이었다. 그런데 이상하게 크람나크 백작의 눈에는 그것이 동물이 아닌 사람으로 보이고 있었다.

'저 높이에 사람이 날 수 있나? 플라이 마법을 사용한다 하여도 최소 6서클 마스터나 7서클의 유저나 가능할 높이를?

고개를 저어버리는 크람나크 백작이었다.

그때였다.

크람나크 백작의 귀에 천둥처럼 들려오는 세 마디의 외침이 들리는 것은.

"기가 라이데인!"

"파이어 스톰!"

"블리자드!"

"뭐, 뭣?!"

크람나크 백작의 자신의 귀를 의심했다. 있을 수 없는 일이 일어나고야 말았다. 7서클의 대마법사였다. 그것도 한 명도 아닌 세 명이 한꺼번에 7서클의 대단위 마법을 시전하고 있었다.

그에 정신없이 고래고래 외치는 크람나크 백작이었다.

"실드! 중첩시켜라! 배리어를 펼쳐라!"

정신이 나간 듯이 고래고래 악을 쓰는 크람나크 백작이었으나 그렇지 않아도 심상찮은 마나 유동은 느끼고 있던 마법사들은 그 소리에 전력을 다해 실드를 혹은 배리어를 삼중첩 사중첩으로 펼쳤다.

하나, 이내 포기해야만 했다.

실드가 깨져 나가고, 배리어가 박살이 났다.

쩌저저정! 쿠구구콰가가강!

버번쩌저적!

무려 2천에 이르는 연합 마법 병단이 자리하고 있던 곳에는 커다란 분화구가 생겨났다. 그리고 코끝으로 전해져 오는 매캐한 냄새.

“저, 저럴 수가…….”

“어찌…….”

밀리예프 국왕과 로드리게스 국왕은 입을 다물 수 없었다. 2천이다. 무려 2천의 마법사가 한꺼번에 전멸당해 버렸다.

“무, 무엇하는가? 전진! 전진하라!”

그리고 조금 일찍 정신을 차린 로드리게스 국왕이 직접 전고의 고채를 잡아채서 전고를 울리며 병사들을 독려하기 시작했다.

두웅! 두웅!

“전진! 전진하라!”

그에 기사들과 귀족들 역시 고래고래 소리를 지르며 병사들을 독려하였다. 지금은 앞으로 나아갈 수밖에 없었다. 물러날 곳은 어디에도 없음이니 말이다.

한 가지 다행인 점은 그 대단한 대단위 마법 이후 마법 공격이 없다는 것이었다. 결코 마법을 기사들과 병사들의 전투에 개입시키지 않겠다는 베르누크의 생각에서였다.

마법은 너무나 많은 목숨을 필요하기 때문이었다. 되도록 많은 이들을 살리고 싶은 베르누크의 생각 때문이었다.

서로의 병력이 지근거리에 접근하자 베르누크는 외쳤다.

“준비되었는가?”

“충!”

“이 자리에서 한 목숨을 불사를 준비가 되었는가?”

“추웅!”

“하면 짐은 그대들을 믿겠다!”

“충!”

“나를 따르라!”

“우와아아아~!”

보병들이 달리기 시작했다. 그리고 기병들이 달리기 시작했고, 기사들이 달리기 시작했다. 그에 이스턴과 히르센의 연합군도 역시 지지 않고 마주 달려 나갔다.

그리고 부딪혔다.

콰가가각! 쿠드드득!

“죽여라!”

“죽어랏!”

“크아아악!”

“나를 막지 마라!”

베르누크는 가장 선두에 서서 수많은 창검이 난무하는 적진을 향해 뛰어들었다. 그 옆에는 예의 클레이튼 대족장이 자리하고 있었다. 길이 열렸다. 베르누크 그가 가는 곳에 바로 길이 열렸다.

그러한 현상은 비단 베르누크가 있는 곳만이 아니었다. 테레지아 왕비가 있는 곳에서도 일어났으며, 레너드가 있는 곳에서도 제이가 있는 곳에서도 구데리안 공작이 있는 곳에서도 일어났다.

애초에 히르센과 이스턴에서는 마스터를 막을 수 있는 존재가 없었다. 있다면 히르센의 디스트로이어와 이스턴의 다크 나이츠와 다크 쉐도우쯤일 것이다.

베르누크가 앞으로 나아갈 때 다크 나이츠와 다크 쉐도우가 그의 앞을 가로막았다. 하지만 존재를 몰랐을 때라면 확실히 위협적인 존재라 할 것이나 이미 존재를 알고 있는 이상 베르누크에게 있어서 그들은 그리 위협적이지 않았다.

오른손의 할버드가 움직였다. 왼손에서는 매직 미사일이 날아갔으며 물의 정령을 부려 주변의 다친 병사를 치료하였고, 바람의 정령으로 윈드 실드를 펼쳤다.

은밀함을 자랑하는 다크 쉐도우의 검은 윈드 실드에 막혀 제대로 접근조차 하지 못하였고, 폭발적인 힘을 자랑하는 다크 나이츠는 베르누크의 할버드에 눌려 제대로 대응조차 하지 못하였다.

할버드의 창이 다크 나이츠 한 명의 목을 가르고 뒤이어 심장을 쪼갰다. 은밀하게 접근하여 베르누크의 배후를 공격하던 다크 쉐도우는 바람의 정령에 의하여 온몸이 난자되어 비명조차 지르지 못하고 죽어갔다.

베르누크의 할버드를 주의하여 그것을 피했을 때에는 매직 미사일이 날아들어 목을 부여잡고 쓰러졌으며, 날아오르던 다크 쉐도우의 발목을 잡고, 불의 창으로 허리와 심장을 관통시켰다.

1백에 이르는 다크 쉐도우와 다크 나이츠.

그들은 제대로 반항조차, 아니, 제대로 된 공격조차 하지 못하고 죽음을 맞이해야만 했다.

"파이어 번!"

수많은 적 중앙에 5서클 마법을 작렬시켰다.

"윈드 토네이도!"

중급 바람의 정령인 슈리엘을 불러 바람을 일으켜 적을 갈기갈기 베어버렸다.

"나 기사들의 왕이 여기 있다! 누가 나의 검을 받겠는가!"

여전히 적을 베며 크게 외치는 베르누크에게 득달같이 한 명의 기사가 쉐도해 들어왔다.

카아아앙!

하지만 베르누크는 그러한 기사의 공격을 가볍게 막아내고 있었다. 그리고 상대를 바라보았다. 익히 아는 얼굴이었다.

“근 30년 만인데 아직도 나를 기억하고 있었소. 작은 아버지!”

그는 다름 아닌 밀리에프 국왕의 큰아들인 알렉세이 밀리에프 왕세자였다. 그는 아직 베르누크를 작은 아버지라 불렀다. 하긴 공식적으로 의형제의 예를 거두지 않았으니 분명 작은 아버지이기는 할 것이었다.

하지만 지금 여기에서 말하는 작은 아버지는 결코 살가워서 부르는 것은 아니었다.

“어째 나보다 더 늙어 보이오.”

“클. 아버지가 너무 건강하셔서 말이오.”

“건강하면 좋은 게지.”

“정신이 맑으면 좋은데 그것이 그렇지 않아서 말이오. 노망이 났는지 그렇게 작은 아버지를 적으로 돌리지 말라 했는데 기어코는 이리 만나게 되었소.”

“어쩔 것인가, 그것이 운명인 것을.”

그렇다.

그것은 운명이었다. 난세에 태어난 자의 운명 말이다.

“그래서 나를 막을 것인가?”

“어쩔 수 없지 않소, 내 아버지인 것을.”

“상대해 주지.”

“고맙소.”

알렉세이 밀리예프는 자신이 베르누크와 비견되지 못함을 알고 있었다. 하지만 어쩔 수 없었다. 자신의 아버지를 죽이려 드는데 그것을 막지 않고 지켜볼 수는 없지 않은가 말이다.

"타하앗!"

알렉세이 밀리예프는 말고삐를 놓고 말을 달렸다. 그만큼 승마에 자신이 있기 때문이었다. 하기는 기사로 태어나 평생을 말과 함께했을 것을 말고삐를 놓았다고 해서 낙마하지는 않을 것이었다.

베르누크 역시 말고삐를 놓고 득달같이 내달려 알렉세이를 맞이하였다. 그 둘은 정신없이 무기를 부딪쳐 갔다. 일합이 이합이 되고, 이합이 사합이 되고, 점점 그 합이 기하급수적으로 늘어나기 시작했다.

"후하하하."

무엇이 그리 좋은 알렉세이는 전장의 한가운데서 커다랗게 웃음을 지었다. 이것은 가슴이 터질 것 같은 희열이었다. 누가 들으면 미친놈이라 할 것이나 기사로 태어나 마스터 최선을 다해주고 있음에 미칠 것 같은 희열이 몰려왔기 때문이다.

그리고 드디어 백 합이 지나갔을 때 베르누크의 할버드가 드디어 길고 긴 호선을 그리며 알렉세이의 가슴을 훑듯이 할

퀴고 지나갔다. 그리고 둘 사이에는 정적이 흘렀다.

"…고맙소."

"잘 가시게."

알렉세이의 신형이 마상에서 떨어져 내렸다.

"후작 각하!"

"가, 각하!"

"이익! 죽어랏!"

알렉세이의 죽음에 그들 호위하던 기사들이 득달같이 베르누크를 향해 쇄도해 들었다. 베르누크는 그들이라 하여 용서하지 않았다. 어차피 그들은 죽은 알렉세이의 호위 기사인 것을 말이다.

알렉세이와 호위 기사들을 죽인 베르누크는 계속 전진했다.

이제는 혼전으로 접어들고 있었다. 적이 누군지 아군이 누군지도 모를 정도였다. 베르누크는 계속 움직여 나갔다.

그리고 마침내 베르누크의 신형이 멈춰 섰다.

그는 가볍게 할버드에 묻은 피를 털어내고 앞을 바라보았다. 두 명의 기사가 자신을 향해 다가오고 있었다. 두 명의 기사. 그들은 다름 아닌 이스턴의 국왕인 밀리예프와 히르센의 국왕인 로드리게스였다.

그들은 베르누크의 지근거리에 도착하자 말을 멈춰 세웠다.

"여기서 모든 것을 끝내도록 하지."

먼저 입을 연 것은 역시 밀리예프 국왕이었다. 그는 최근 들어 부쩍 나이 들어 보였는데 지금은 목소리까지 쉬어 있었다. 하지만 얼굴은 무척 담담하여 모든 것을 각오하고 있다는 느낌을 받았다.

그것은 로드리게스 국왕 역시 다르지 않았다. 그의 얼굴은 왠지 모르게 회한에 젖어든 얼굴이었다. 그 역시 조용하게 검을 빼 들고 있었다. 로드리게스 국왕은 마스터였고, 밀리예프 국왕은 마스터는 아니었으나 최상급의 기사였다.

절대 쉽지 않을 것이었다. 하지만 베르누크는 고개를 끄덕였다.

"마법과 정령은 쓰지 않도록 하지."

그에 밀리예프 국왕과 로드리게스 국왕은 놀란 얼굴빛을 하였다.

"허어~ 그것이 정령이었던가?"

"고마운 말이로군."

제각각 한마디씩 한 그들은 이어서 말없이 자세를 잡아갔다. 하지만 결코 그들만이 있는 것은 아니었다. 그들을 따르는 기사들과 또는 이스턴의 비밀병기와 히르센의 비밀병기가 있었다.

하나, 베르누크는 별로 개의치 않았다. 얼마든지 와도 상관

없었다. 이 한 번으로 모든 전쟁이 종식이 된다면 백 명이 와도, 천 명이 와도 괜찮았다. 모두 다 받아줄 수 있었다.

빠르게 베르누크의 주변을 감싸는 30여 명에 이르는 기사. 그리고 그들이 내뿜는 무지막지한 살기와 기세에 일반 병사들은 급급하게 자리를 피하고 있었다.

"어허허허! 비겁하고 비겁하구나. 어찌 한 명을 서른 명이 넘는 인원이 둘러싸고 있는가?"

그때 들려오는 레너드의 음성이었다. 베르누크를 둘러싸고 있는 이들을 힐난하는 목소리는 다만 그만이 아니었다. 제이도 있었고 구데리안 공작도 있었다.

그들은 멀리 떨어져 있으나 마스터인 그들에게 거리라는 것은 별로 제약이 되지 않았다. 다만 그들을 가로막는 인의 장벽이 문제일 뿐. 멀리서 보이지도 않을 곳에서 통렬하게 가슴을 찌르는 레너드의 말에 잠깐 갈등의 얼굴을 보였던 두 국왕이었으나 이내 아무런 일도 없었다는 듯이 평온한 얼굴을 회복하였다.

"쳐라!"

이윽고 밀리예프 국왕과 로드리게스 국왕의 입에서 동시에 떨어진 명령.

"오라!"

그들의 명령에 죽음의 기운을 풀풀 풍겨내며 필승의 신념으로 자신을 향해 쇄도해 오는 삼십여의 기사를 보고 오롯하게 버티며 외치는 베르누크였다.

그와 함께 베르누크의 할버드가 움직였다. 쭈욱 뻗어진 베르누크의 할버드가 서슬 퍼런 백염의 오러 블레이드를 시전하였고, 그 길이가 자그마치 5미터에 이르렀다.

감히 상상도 할 수 없는 엄청난 광경이었다. 그저 길이만 늘어난 것이 아니었다. 늘어난 오러 블레이드는 맹렬하게 회전하면서 주변을 하나씩 점령해 나가기 시작했다.

백염의 할버드가 수십 개로 늘어나고 있었다. 어떤 기사는 미처 피하지 못해 그대로 비명조차 지르지 못하고 한 줌의 혈수로 녹아 내렸고, 어떤 기사는 방패에 마나를 씌워 오러 블레이드를 빗겨 막았다.

어떤 기사는 눈을 아예 삼아버리고 허상이 아닌 실상의 오러 블레이드를 찾아내려 하였고, 어떤 이는 잔상이 남을 정도로 빠른 몸놀림으로 베르누크가 펼친 오러 블레이드를 벗어나려 하였다.

몇은 성공을 하고 몇몇은 실패를 하고, 멀리 떨어졌던 그들이 순식간에 3미터 안으로 다가왔다. 그리고 자신이 펼칠 수 있는 최고의 절기를 한꺼번에 베르누크를 향해 시전하였다.

폭발하듯 펼쳐지는 오러의 향연.

그 흉험함은 지극히 공포스러울 정도였다. 하나, 베르누크는 담담했다. 이까짓 것으로 자신을 어쩔할 수 없다는 듯이 말이다. 오러 블레이드까지 포함하여 근 7미터나 되는 할버드가 갑자기 휘어져 들어왔다.

상식적으로 말이 안 되는 순간이었다.

하지만 그것은 이루어졌다.

베르누크는 할버드의 중단을 잡고 두 손으로 풍차처럼 회전하며 오러 맴브레인을 시전하였고, 베르누크클 향해 쇄도하던 대부분의 검격이 맥없이 튕겨져 나가고 있었다.

"크으음. 오러 맴브레인이라니……."

그 모습을 본 로드리게스 히르센 국왕은 침음성을 흘릴 수밖에 없었다. 마스터인 자신조차도 그저 듣기만 했다. 검으로 펼치는 마나의 방어막을 말이다. 과거 고대 시대 때 그레이트 마스터의 전유물이었다는 오러 맴브레인을 말이다.

벌써 절반 가까운 기사들이 죽어나갔다. 정말 순식간의 일이었다. 눈을 감았다 뜨니 절반 가까이 죽어 나자빠진 기사들. 솔직히 밀리예프 국왕은 그들이 어떻게 죽었는지 알 수조차 없었다.

밀리예프 국왕과 로드리게스 국왕은 검을 들었으나 차마 앞으로 나설 수 없었다. 죽음이 두려운 것이 아니라 베르누크의 압도적인 무위에 절로 손발이 오그라드는 공포를 맛보고 있기 때문이었다.

"너희는 패하고."

베르누크의 할버드가 대지에 박히며 커다란 굉음을 내었다.

쿠콰가가강!

"크으으윽!"

"나는 승리할 것이다!"

그리고 베르누크는 허공으로 치솟아 올랐다.

마치 이것이 마지막이라는 듯이 말이다. 모두의 시선의 베르누크를 향했다. 할버드의 손잡이 끝 부분을 잡고 높게 치솟아 오른 베르누크는 이내 할버드를 집어 던지듯이 사방으로 휘돌렸다.

베르누크가 휘두른 할버드에서 뿌연 안개와 같온 것이 흘러나왔다. 그리고 그 안개와 같은 것은 베르누크 자신을 향해 쇄도해 오던 수십의 기사를 덮쳤다.

"크아아악!"

"대체 이건!"

"커허어억!"

비명 소리만 있을 뿐이었다.

그 외에는 아무런 소리도 들려오지 않았다. 그렇게 허공에서 한참 동안 자신의 애병인 할버드를 빗살처럼 휘두르던 베르누크의 신형이 우뚝 멈추어 섰다.

그때는 이미 베르누크를 향해 쇄도하던 수십의 기사의 형체는 사라지고 없었다. 남은 것은 오직 밀리예프 국왕과 로드리게스 국왕만이 있을 뿐이었다.

허공에 두둥실 떠 있던 베르누크의 신형이 서서히 대지 위로 내려오기 시작했다. 그 모습은 마치 천신이 하강하는 것과 같아 주변에서 그를 바라본 이스턴과 히르센의 연합군 소속의 병사들은 오금이 저려 제대로 행동조차 하지 못하고 있었다.

마침내 지상에 내려선 베르누크.

그저 간단하게 주변을 휘돌러 보더니 이내 할버드를 들어 두 명의 국왕의 가슴을 향했다.

척!

"누가 먼저 올 텐가? 아니면 같이 올 텐가?"

밀리예프 국왕의 얼굴에는 절망이, 로드리게스 국왕의 얼굴에는 다시 피어오른 호승심이 떠올랐다. 로드리게스 국왕은 슬쩍 밀리예프 국왕을 바라보았다.

하얗게 질린 얼굴, 바들바들 떨리는 검을 쥔 손.

'그는 이미 기사가 아니로구나.'

실제 밀리예프 국왕의 상태는 그리 좋지 않았다. 검을 놓은 지 너무 오래되었고, 그의 눈앞에서 자신의 가장 큰아들이 죽는 것을 보았으니 아무리 냉철한 정신을 가졌다 하더라도 무너지기 일보 직전이었다.

그래도 베르누크의 진실된 실력을 보기 전까지는 분노가 있었다. 아들을 죽인 자에 대한 분노 말이다. 하지만 지금은 그마저도 사그라지고 없었다. 넘을 수 없는 절대의 존재가 되어버린 탓이었다.

그 속내까지는 몰라도 로드리게스 국왕의 눈에 비친 밀리예프 국왕은 기사가 아닌 한낱 지치고 가여운 망국의 국왕일 뿐이었다.

밀리예프 국왕을 바라보던 로드리게스 국왕의 시선이 오연하게 서서 자신을 바라보고 있는 베르누크를 바라보았다.

그리고 내딛는 한 걸음.

성큼.

그리고 방패를 버렸다. 한 손에 쥔 검을 들어 다른 한 손으로 검날을 쓰다듬었다. 마치 평생을 같이한 무엇인가를 떠나보내듯이 말이다.

"나는 이 검과 함께 평생을 같이했네. 이놈도 꽤 오래된 놈이지."

"이제 그만 쉴 때도 되었구려."

"그렇지. 이제 그만 쉴 때이지. 그래서 이렇게 앞으로 나섰

네. 나와 나의 검을 쉬게 할 사람이 있어서 말이지.”

베르누크는 지금 로드리게스 국왕의 눈동자에서 열정을 보았다. 검에 대한 열정, 더 높은 곳에 도달하고자 하는 열정. 이 전장에 처음 들어섰을 때와는 또 다른 열정을 말이다.

“당신은 국왕보다는 그저 기사였으면 좋았을 것을.”

베르누크의 말에 검을 쓰다듬던 로드리게스 국왕의 손이 멈췄다. 그러다 베르누크를 바라보며 푸근하게 웃었다. 마치 이웃집 할아버지처럼 말이다.

“허허허, 그러게 말일세. 그저 검이면 된 것을 어찌 그리 세속의 욕망에 몸을 담았는지 모르겠구만. 다 부질없는 미망인 것을 말일세.”

“이제라도 깨달았으니 된 것 아니겠소.”

베르누크는 권유했다. 죽이고 싶지 않았기 때문이었다. 그저 다시 돌아온 것을 축하해주고 싶었다. 하지만 그러한 베르누크의 마음을 전해 받은 로드리게스 국왕은 고개를 가로저었다.

“새 술은 새 부대에 담는 법이네. 우리들의 시대는 갔고, 새로운 시대가 열린 게지. 내가 죽어야 완벽하게 히르센이 무너지고, 흡수되는 게야.”

“어려움이 있고, 시간이 걸리겠으나 살아 있어도 가능하오.”

베르누크의 거듭되는 설득. 하지만 고개를 가로젓는 로드리게스 국왕이었다.

"최선을 다해 주겠는가?"

"나는 언제나 최선을 다했소."

"그렇지. 그래. 오우거는 하찮은 고블린을 잡더라도 최선을 다하는 법. 허허허, 그럼."

로드리게스 국왕은 검을 잡았다. 이미 죽고자 작정한 그이기에 처음부터 자신이 깨달은 최고의 절학을 선보일 작정이었다.

"최근에 조그마한 깨달음이 있었고, 자네의 전투를 보며 깨달음을 완성할 수 있었네."

그 말과 함께 로드리게스 국왕의 검이 날아올랐다. 자유로운 새처럼 비상하였다.

허공 저 끝까지 비상하던 로드리게스 국왕의 검은 로드리게스 국왕의 손목이 내려짐과 동시에 베르누크를 향해 쇄도했다.

쇄도하는 속도는 극히 느렸다. 하지만 결코 가벼운 마음으로 피할 수 있는 그러한 검은 아니었다. 베르누크 역시 할버드를 놓았다. 할버드 역시 날아올랐다.

까마득한 하늘에서 유영하듯 떨어져 내리는 검첨을 향해 베르누크의 할버드 역시 알을 낳기 위해 고향으로 돌아오는 연어처럼 퍼뜩거리며 솟아올랐다.

"쩌저저정!

검의 끝과 창의 끝이 부딪혔다.

날카로운 소리가 사방으로 울려 퍼졌다.

"크으윽!"

"귀를 막아!"

그 소리가 얼마나 큰지 주변 10미터 내에 있는 병사들은 풀썩 주저앉았고, 기사들은 마나를 이용해 귀를 보호해야 할 지경이었다.

끝과 끝이 부딪힌 두 무기의 첨두에서 빛이 흘러나오기 시작하더니 이내는 눈을 뜰 수조차 없을 정도로 밝은 빛이 터져 나왔다. 그러고는 마침내 아무런 빛도 흘러나오지 않게 되었다.

그러더니 검에 서서히 균열이 가기 시작했다. 할버드의 창두가 아주 서서히 검첨을 파고 들어감에 따라 갈라진 검이 먼지가 되어 사라지고 있었다.

"크으읍! 쿨럭!"

그러한 현상이 지속되면 지속될수록 로드리게스 국왕은 지쳐 가고 있었고, 내적인 타격을 받아 죽은피를 게워내기 시작했다. 그리고 종내에는 토막 난 내장 조각까지 뱉어내었다.

"우웨에엑!"

검이 사라졌다.

허공에 곧추세워져 있던 할버드가 베르누크의 손아귀에 쥐어졌을 때 로드리게스 국왕은 내장이 섞인 죽은피를 한 움큼 쏟아내더니 기어코는 무릎을 꿇고야 말았다.

고개를 숙여 한참을 피를 게워내던 로드리게스 국왕의 고개가 서서히 들려 베르누크를 바라보며 아직도 흘러내리는 피를 닦지도 않은 채 입을 열었다.

"사내로서 한평생 야망을 불살라 정점에 섰고, 기사로서 마스터에 올라 또 다른 경지의 마스터를 보았으니 나는 참으로 복되고 복된 자로구나."

그것으로 끝이었다.

한 세대를 풍미하던 히르센의 국왕 로드리게스는 그렇게 죽었다. 죽은 로드리게스 국왕을 바라보던 베르누크의 시선이 이제는 힘없고 연약한 늙은이로 돌아온 밀리에프 국왕을 바라보았다.

"과거의 그 패기 넘치고 호탕하던 때로는 능구렁이 같던 의형님은 어디가고 여기 늙고 병든 의형님이 와 계시오."

베르누크가 나직하게 중얼거렸다. 전투의 와중임에도 불구하고 그 나직한 소리를 들었음인지 밀리에프 국왕은 허허롭게 웃으며 말을 했다.

"인간의 욕심이란 끝이 없어 죽을 때까지 그 미망에서 깨어나지 못한다더니 내가 바로 그 짝일세. 자네를 살뜰히 챙기지 못한 이 우매한 우형을 용서해 줘서 고맙네."

"가시려오?"

베르누크의 물음에 밀리예프 국왕의 시선이 무릎을 꿇은 채 기사로서 자신의 욕심을 모두 채우고 간 로드리게스 국왕을 바라보았다.

"가야 하지 않겠는가? 이제 보니 로드리게스 국왕 저 친구도 꽤 괜찮은 사람 같아 보여서 저승에서나마 친우로서 지내 볼 생각이네."

그렇게 말을 한 밀리예프 국왕은 들고 있던 검으로 스스로의 목을 쳤다. 그 누구도 그러한 그의 행동을 제지하지 못했다. 애초에 그를 지키던 호위기사들은 모두 베르누크에 의해 죽임을 당했으니 말이다.

전투가 끝나가고 있었다.

이스턴과 히르센의 국왕의 죽음은 어지러운 전장에서도 즉각적으로 전해졌고, 폴라리스 왕국의 무시무시한 용맹함에 스스로 살 길을 찾으려 하던 병사들과 기사들이 병기를 버리며 항복해 왔다.

그에 전투는 끝이 났다.

더불어 근 사오십 년을 끌어오던 길고 긴 전쟁이 종식되었다.

베르누크의 시선은 전장을 정리하고 있는 병력에게로 향했다. 아침나절에 시작한 전투가 끝이 나지 이미 해가 뉘엿뉘엿 넘어가는 황혼이 보이는 저녁나절이 되어 있었다.

베르누크의 시선이 머무는 곳에서 한 명의 여인이 걸어오고 있었다. 온몸에 피칠갑을 하고 있었으나 베르누크의 눈에는 세상의 그 누구보다 아름다운 여인.

그 여인을 뒤로하여 레너드가 보였고, 제이가 보였으며, 구데리안 공작이 보였다. 카림은 어느새 다가와 베르누크의 옆에 시립하고 있었다.

베르누크는 다가오는 모든 이들을 바라보며 손을 흔들었다.

멋쩍은 웃음을 보이면서 말이다.

일국의 국왕으로서 반가움에 손을 흔든다는 것이 순가 멋쩍었다. 그리고 이내 손을 내리고 하늘을 바라보았다.

석양으로 인해 붉게 물든 하늘에는 아련하게 떠오르는 수없이 많은 얼굴들이 있었다.

롬멜 백작이 있었고, 더프 자작과 챔버스 자작이 있었으며, 형님이 있었고, 아버지가 있었고, 어머니가 있었다.

"이 석양이 지고, 밤이 지나면 새로운 태양이 떠오를 것입니다."

카림의 말에 베르누크는 조용하게 고개를 끄덕였다.

새로운 태양이 떠오를 것이다.

평화는 치열한 전쟁이 있은 후에 찾아오는 법이니까.

전쟁은 끝이 났다.

지겹게 오래도록 백성들을 괴롭히던 전쟁이 끝이 났다. 승리한 병사들이나 패배한 병사들이나 전쟁의 이기고 짐을 떠나 실로 오랜만에 웃음을 지을 수 있었다.

그리고 고향으로 돌아갈 수 있었다.

몇십 년 만에 자식들을 볼 수 있었으며, 죽은 동료의 유골이나 혹은 유품을 들고 그것을 전해줄 수 있었다. 다시 대륙은 평화가 찾아왔다. 하지만 그 평화는 잠시간이었다.

창칼을 들고 싸우는 전쟁이 아닌 또 다른 의미로 진정한 전쟁이 시작되기 시작했기 때문이었다.

그것은 다름 아닌 신규 세력과 기존 세력 간의 힘겨루기. 즉, 권력 암투라고 할 것이다. 기존의 권력층은 자신의 권력을 계속 유지하기를 바랐고, 신규 권력층은 새롭게 변화를 꿈꾸고 있었기 때문이다.

결국 베르누크는 신구의 조화보다는 북부와 서부에 자신이 뿌리내렸던 기존의 권력층에 도전하는 쪽을 택했다.

그 시작은 바로 노예 제도의 폐지와 함께 이어진 아카데미

였다. 전쟁보다 더한 커다란 충격. 하지만 그것은 기존 권력
층에게 커다란 충격이었겠으나 이미 평민들 사이에서는 노예
와 농노의 간격이 없어진 지 오래였으니 말이다.

*   *   *

…(전략)…….

—제국력 1년, 노예 제도 철폐와 함께 이어진 귀족의 영지군 제
도 개편. 통칭 귀족의 난 발발. 남부의 그란데슨 백작과 동부의 하
이테른 후작을 중심으로 한 30만에 이른 반란군 결집.

제국력 3년, 귀족들의 반란 진압. 계승 작위 철폐 후 단승 작위
인정.

제국력 5년, 기사 아카네미, 행정 아카데미, 마법 아카데미, 정령
아카데미 설립. 그와 함께 최상위 교육기관으로 황립 아카데미 신
설.

제국력 10년, 폴라리스 제국 제2대 황제인 지그프리트 아이젠 폰
폴라리스 황제 등극. 그와 함께 초대 황제인 베르누크 아이젠 폰 폴
라리스 캘리노스 상황 폐하의 은거. 레너드 베인 공작 은거. 제이
브레이커 공작 은거.

제국력 15년, 하인츠 구데리안 대공 사망.

제국력 13년, 황실 마탑의 탑주인 제레미 웹 후작 사망.

제국력 14년, 마법 아카데미 학장 막시무스 스토리지 후작 사망.

제국력 20년, 현자의 탑 탑주 카림 클라우제비츠 공작 사망.

……

　그렇게 제국이란 새로운 역사의 수레바퀴가 굴러가기 시작했다.

『나이트 킹』 완결

총수의 귀환
FUSION FANTASTIC STORY
텀블러 장편 소설